Christoph von Schmid

Das Blumenkörbchen

Eine Erzählung

Christoph von Schmid: Das Blumenkörbchen. Eine Erzählung

Erstdruck: Landshut, Krüll'sche Buchhandlung, 1823.

Neuausgabe
Herausgegeben von Karl-Maria Guth
Berlin 2017

Umschlaggestaltung von Thomas Schultz-Overhage unter Verwendung des Bildes: Pierre-Auguste Renoir, Junges Mädchen mit einem Blumenkorb, 1888

Gesetzt aus der Minion Pro, 11.2 pt

Verlag: Henricus - Edition Deutsche Klassik GmbH
Mörchinger Str. 33, 14169 Berlin, info@henricus-verlag.de
Druck: Libri Plureos GmbH, Friedensallee 273, 22763 Hamburg

ISBN 978-3-7437-0540-1

Bibliografische Information der Deutschen Nationalbibliothek

Die Deutsche Nationalbibliothek verzeichnet diese Publikation in der Deutschen Nationalbibliografie; detaillierte bibliografische Daten sind im Internet über www.dnb.de abrufbar.

Inhalt

1. Vater Jakob und seine Tochter Marie 4
2. Marie im gräflichen Schloss 9
3. Der entwendete Ring 13
4. Marie im Gefängnis 19
5. Marie vor Gericht 23
6. Vater Jakob bei Marie im Gefängnis 26
7. Das Urteil und dessen Vollziehung 30
8. Ein Freund in der Not 33
9. Jakobs und Mariens Wanderschaft 35
10. Jakobs und Mariens frohe Tage auf dem Tannenhof 39
11. Jakobs Krankheit 43
12. Jakobs Tod 51
13. Neue Leiden für Marie 57
14. Mariens Verstoßung 60
15. Es kommt Hilfe vom Himmel 64
16. Wie Gräfin Amalia hierher gekommen 66
17. Der wiedergefundene Ring 71
18. Wie edle Menschen das Unrecht vergüten 76
19. Noch eine denkwürdige Nachricht zu dieser Geschichte 80
20. Ein Besuch auf dem Tannenhof 84
21. Was sich auf dem Tannenhof noch weiter begab 88
22. Noch eine freudige Begebenheit 93
23. Jakobs Denkmal. 100

1. Vater Jakob und seine Tochter Marie

In dem gräflichen Marktflecken Eichburg lebte vor mehr als hundert Jahren ein sehr verständiger und rechtschaffener Mann namens Jakob Rode. Als ein armer Knabe war er nach Eichburg gekommen, um in dem gräflichen Schlossgarten die Gartenkunst zu erlernen. Seine vortrefflichen Geistesgaben, sein gutes Herz, die Geschicklichkeit, mit der er alles anfing, und seine edle Gesichtsbildung gewannen ihm das Wohlwollen der Herrschaft. Es wurden ihm mancherlei kleine Geschäfte in dem Schloss übertragen, und als der Graf, damals noch ein junger Herr, auf Reisen ging, war Jakob unter seiner Begleitung. Auf diesen Reisen hatte Jakob seinen Verstand mit vielen Kenntnissen bereichert, sich eine gebildete Sprache und einen feinen Anstand erworben und – was noch weit mehr ist – sein edles, redliches Herz unverdorben aus der großen Welt wieder mit zurückgebracht. Der Graf war darauf bedacht, Jakobs treue Dienste zu belohnen und ihm eine einträgliche Anstellung zu verschaffen. Jakob hätte in dem Palast, den der Graf in der Hauptstadt besaß, Hausmeister werden können. Allein der gute Mann sehnte sich immer nach dem stilleren Landleben zurück, und da um eben diese Zeit zu Eichburg ein kleines Gütchen, das bisher verpachtet war, dem Grafen zurückgestellt wurde, so bat Jakob, es ihm in Pacht zu geben. Der edle Graf überließ es ihm auf lebenslang unentgeltlich und bewilligte ihm noch jährlich soviel an Getreide und Holz, als für seine künftige Haushaltung nötig sein möchte. Jakob verheiratete sich zu Eichburg und nährte sich von dem Ertrag des Gütchens, das außer einem kleinen freundlichen Wohnhaus in einem großen schönen Garten bestand, der zur Hälfte mit den besten Obstbäumen bepflanzt und zur Hälfte zum Gemüsebau bestimmt war.

Nachdem Jakob mit seiner Gattin, die in jeder Hinsicht eine vortreffliche Frau war, mehrere Jahre in der glücklichsten Ehe gelebt hatte, ward sie ihm durch den Tod entrissen. Sein Schmerz war unaussprechlich. Der gute, bereits etwas betagte Mann alterte zusehends, und seine Haare bleichten sich merklich. Seine einzige Freude in der Welt war nun seine einzige Tochter, die ihm von mehreren Kindern allein am Leben geblieben war und bei dem Tod der Mutter erst fünf Jahre zählte. Sie hieß wie die Mutter Marie und war in allem ihr treues Ebenbild. Schon als Kind war sie ungemein schön; allein, so wie sie heranwuchs, gaben ihr frommer Sinn, ihre Unschuld, ihre Bescheidenheit, ihr ungeheucheltes Wohlwollen gegen alle Menschen ihrer Schönheit eine ganz eigene Anmut. Es blickte so etwas unbeschreiblich Gutes aus ihrem Angesicht, dass es einem war, als blicke einen ein guter Engel an. Marie hatte das fünfzehnte Jahr noch nicht zurückgelegt, als sie die kleine Haushaltung schon auf das beste besorgte. In dem heiteren Wohnstübchen sah man nirgends ein Stäubchen, in der Küche glänzten alle Geschirre fast wie neu, das ganze Haus war ein Muster von Ordnung und Reinlichkeit. Überdies half sie ihrem Vater bei den Gartenarbeiten mit unermüdetem Fleiß, und die Stunden, in denen sie so um ihn beschäftigt war, gehörten unter die vergnügtesten ihres Lebens. Denn der weise Vater wusste durch erheiternde und belehrende Gespräche die Arbeit zum Vergnügen zu machen.

Marie, die unter Kräutern und Blumen aufwuchs und deren Welt der Garten war, hatte von Kindheit an eine große Freude an schönen Blumen. Der Vater ließ daher jedes Jahr einige Samen, Zwiebeln und Ableger von Blumen kommen, die sie noch nicht kannte, und erlaubte ihr, den Rand der Gartenbeete mit Blumen zu bepflanzen. So hatte Marie in ihren freien Stunden fortwährend eine angenehme Beschäftigung. Sie pflegte die zarten Pflänzlein auf das sorgfältigste, betrachtete fast jede ihr fremde Knospe nachsinnend und ratend, was für eine Blume sie wohl enthalte, konnte kaum erwarten, bis sie aufbrach, und hatte dann, wann die sehnlich erwartete Blume in ihrer Pracht dastand, eine ganz unbeschreibliche Freude. »Das ist eine reine, schuldlose Freude«, sagte dann der Vater lächelnd. »Mancher gibt mehr Gulden für Gold und Seide aus als ich Kreuzer für Blumensamen, und macht seiner Tochter doch lange kein so großes und unschuldiges Vergnügen damit.« In der Tat blühten für

Marie jeden Monat, ja jede Woche neue Freuden auf. Sie sagte oft in ihrem Entzücken: »Das Paradies könnte kaum schöner sein als unser Garten!« Es ging auch nicht leicht jemand an dem Garten vorbei, ohne stehenzubleiben und die schönen Blumen zu bewundern. Die Kinder aus dem Ort guckten täglich durch das Gitter, und Marie reichte ihnen immer einige Blumen hinaus.

Der weise Vater wusste aber die Freude seiner Tochter an den Blumen zu einem höheren Ziel zu leiten. Er lehrte sie in der Schönheit der Blumen, ihren mancherlei Gestalten, der reinen Zeichnung, dem richtigen Ebenmaß, den herrlichen Farben, den lieblichen Wohlgerüchen die Weisheit, Güte und Allmacht Gottes bewundern. Er war es gewohnt, die erste Morgenstunde täglich der Andacht zu widmen, und er stand deshalb immer früher auf, als es seine Arbeit erforderte. Er glaubte, das menschliche Leben habe wenig Wert, wenn der Mensch bei allen seinen Geschäften nicht ein paar Stunden oder wenigstens halbe Stunden des Tages herauszubringen wisse, in denen er sich ungestört mit seinem Schöpfer unterhalten und sich mit seiner hohen Bestimmung im Himmel beschäftigen könne. An den herrlichen Frühlings- und Sommermorgen nahm er deshalb Marie mit in die Gartenlaube, wo man unter dem lieblichen Gesang der Vögel den blühenden, von Tau funkelnden Garten und eine reiche Landschaft in den goldenen Strahlen der Morgensonne übersehen konnte. Hier redete er mit ihr von Gott, der die Sonne so freundlich scheinen lässt, Tau und Regen gibt, die Vögel unter dem Himmel ernährt und die Blumen auf dem Feld so herrlich kleidet. Hier lehrte er sie den Allmächtigen als den liebevollen Vater der Menschen kennen, der sich uns noch unendlich lieblicher und freundlicher als in der ganzen Schöpfung in seinem geliebten Sohn offenbart. Hier lehrte er sie beten, indem er selbst mit ihr aus seinem Herzen betete. Diese Morgenstunden trugen viel dazu bei, die kindlichste Frömmigkeit in ihr zartes Herz zu pflanzen.

In ihren liebsten Blumen zeigte er ihr die schönen Sinnbilder jungfräulicher Tugenden. Als sie ihm einst sehr früh im März voll Freude das erste Veilchen brachte, sprach der Vater: »Das holde

Veilchen sei dir, liebe Marie, ein Bild der Demut, der Eingezogenheit, der Wohltätigkeit im Stillen. Es kleidet sich in die sanfte Farbe der Bescheidenheit, es blüht am liebsten im Verborgenen, es erfüllt, unter Blättern versteckt, die Luft mit dem lieblichsten Wohlgeruch. Sei auch du, liebe Marie, ein stilles Veilchen, das einen bunten, prahlenden Anzug verschmäht, nicht bemerkt sein will und, bis es verblüht ist, im stillen Gutes tut.«

Als die Rosen und die Lilien in voller Blüte standen und der Garten in seiner schönsten Pracht erschien, sprach der Vater zu der hocherfreuten Marie, indem er mit dem Finger auf eine Lilie deutete, die von der Morgensonne beleuchtet war: »Die Lilie sei dir, liebe Tochter, das Bild der Unschuld! Sieh, wie schön, wie hell und rein sie dasteht! Der weißeste Atlas ist nichts gegen ihre Blätter; sie gleichen dem Schnee. Wohl der Jungfrau, deren Herz so rein von allem Bösen ist! Die reinste aller Farben ist aber auch am schwersten rein zu bewahren. Leicht ist ein Lilienblatt verletzt; man darf es nicht rauh anfassen, oder es bleiben Flecken zurück. So kann auch ein Wort, ein Gedanke die Unschuld verletzen!« – »Die Rose aber«, sprach er, indem er auf eine hinzeigte, »sei dir, liebe Marie, das Bild der Schamhaftigkeit. Schöner als die Rosenfarbe ist die Farbe der Schamröte. Heil der Jungfrau, die über jeden unanständigen Scherz errötet und sich von der Glut, die sie auf ihren Wangen fühlt, vor Gefahr der Sünde warnen lässt. Wangen, die leicht erröten, bleiben lange schön und rot; Wangen, die nicht mehr erröten können, werden bald bleich und gelb und modern vor der Zeit im Grab.« Der Vater pflückte einige Lilien und Rosen, fügte sie in einen Strauß zusammen, gab ihn Marie und sprach: »Lilien und Rosen, diese schönen Schwesterblumen, gehören zusammen und stehen auch in Sträußen und Kränzen unvergleichlich schön nebeneinander; so sind Unschuld und Schamhaftigkeit auch Zwillingsschwestern und können nicht getrennt werden. Ja, Gott gab der Unschuld, damit sie leichter bewahrt werde, die Schamhaftigkeit zur warnenden Schwester. Bleibe schamhaft, liebe Tochter, und du wirst auch unschuldig bleiben. Dein Herz sei immer rein, gleich einer reinen Lilie, und deine Wangen werden immer den Rosen gleichen.«

Die schönste Zierde des Gartens war ein kleines Apfelbäumchen, nicht größer als ein Rosenstock, das auf einem kleinen, runden Beetchen mitten im Garten stand. Der Vater hatte es an dem Tag, da Marie geboren wurde, gepflanzt, und das Bäumchen trug alle Jahre die schönsten goldgelben und purpurgestreiften Äpfel. Einmal blühte es vorzüglich schön und war ganz mit Blüten bedeckt. Marie betrachtete es jeden Morgen. »Oh wie schön«, rief sie entzückt, »wie herrlich rot und weiß! Es ist, als wenn das ganze Bäumchen nur ein einziger großer Blumenstrauß wäre!« Eines Morgens kam sie wieder – da hatte der Reif die Blüten zerstört. Sie waren bereits gelb und braun und schrumpften an der Sonne zusammen. Marie weinte über den traurigen Anblick. Da sprach der Vater: »So verderbt die sündliche Lust die Blüte der Jugend. Oh Kind, zittere vor Verführung! Sieh, wenn es dir auch so gehen sollte – wenn die schönen Hoffnungen, die du mir machst, nicht nur für ein Jahr, sondern für das ganze Leben, so dahinschwinden sollten – ach, dann würde ich noch schmerzlichere Tränen weinen als du jetzt weinst. Ich würde keine frohe Stunde mehr haben und noch mit Tränen in den Augen in das Grab sinken.« Wirklich standen ihm Tränen in den Augen – und seine Worte machten auf Marie den tiefsten Eindruck.

Unter den Augen eines so weisen und liebevollen Vaters wuchs Marie zwischen den Blumen ihres Gartens heran – blühend wie eine Rose, schuldlos wie eine Lilie, bescheiden wie ein Veilchen und hoffnungsvoll wie ein Bäumchen in der schönsten Blüte.

Mit zufriedenem Lächeln hatte der alte Mann jederzeit seinen lieben Garten betrachtet, dessen Früchte seinen Fleiß so schön belohnten; eine noch innigere Zufriedenheit empfand er bei dem Anblick seiner Tochter, an der die gute Erziehung, die er ihr gab, viel schönere Früchte brachte.

2. Marie im gräflichen Schloss

Einstens, an einem lieblichen Morgen zu Anfang des Mai, hatte Marie in dem nahen Wäldchen Weidensprossen und Haselzweige geschnitten, aus denen ihr Vater, wenn es im Garten nichts zu tun gab, die niedlichsten Körbchen flocht. Da fand sie die ersten Maiblümchen. Sie pflückte einige davon und machte zwei Sträußchen daraus, eines für ihren Vater und eines für sich. Als sie auf dem schmalen Fußsteig durch den blumigen Wiesengrund nach Hause ging, begegneten ihr die Gräfin von Eichburg und deren Tochter Amalia, die sich gewöhnlich in der Residenzstadt aufhielten, vor einigen Tagen aber auf ihrem Schloss zu Eichburg angekommen waren.

Marie trat, sobald sie die beiden weißgekleideten Frauenzimmer mit grünen Sonnenschirmchen erblickte, etwas seitwärts, um ihnen Platz zu machen, und blieb ehrerbietig an dem Fußweg stehen.

»Ei, gibt es denn schon Maiblümchen?« rief die junge Gräfin, die diese Blümchen mehr als alle anderen Blumen liebte.

Marie bot sogleich jeder der beiden Gräfinnen ein Sträußchen an. Sie nahmen es mit Vergnügen, und die Mutter zog ihre Geldbörse von purpurroter Seide heraus und wollte Marie beschenken.

Allein Marie sagte: »Oh nicht doch; ich nehme nichts. Gönnen Sie einem armen Mädchen die Freude, ihrer Herrschaft, von der sie schon soviel Gutes empfing, auch eine kleine Freude zu machen, ohne an eine Belohnung zu denken!«

Die Gräfin lächelte freundlich und sagte, Marie solle Amalia noch öfter Maiblümchen bringen. Marie tat es jeden Morgen, und so kam sie, solange die Maiblümchen blühten, täglich in das Schloss. Amalia fand an Mariens gutem, natürlichem Verstand, ihrem heiteren, fröhlichen Sinne, ihrem bescheidenen, ungekünstelten Betragen täglich mehr Wohlgefallen. Marie musste noch manche Stunde in Amaliens Gesellschaft zubringen, nachdem alle Maiblümchen schon längstens verblüht waren. Ja, die junge Gräfin ließ es sich öfter nicht undeutlich merken, dass sie Marie immer um sich zu haben wünsche und sie deshalb noch in ihre Dienste zu nehmen gedenke.

Nun näherte sich Amaliens Geburtstag. Marie war auf ein kleines, ländliches Geschenk bedacht. Einen Blumenstrauß hatte sie ihr schon oft gebracht. Sie verfiel daher auf einen anderen Gedanken. Ihr Vater hatte den letzten Winter einige ganz ungemein schöne Arbeitskörbchen verfertigt. Das schönste aus allen hatte er Marie geschenkt. Er hatte die Zeichnung dazu aus der Stadt erhalten, und die Arbeit war ihm ganz vorzüglich gelungen. Marie beschloss, dieses Körbchen mit Blumen zu füllen und es Amalia zum Geburtstag zu verehren. Der Vater gab dies auf ihre Bitte sehr gern zu und verzierte das niedliche Körbchen noch mit Amaliens Namen und Familienwappen, die er sehr nett und künstlich hineinflocht.

Am Morgen des Geburtstages der Gräfin Amalia pflückte nun Marie die vollsten Rosen, die schönsten weißen, roten und blauen Levkojen, bräunlichen Goldlack, hochrote, hellgelbe und dunkelbraune Nelken und andere schöne Blumen von allen Farben, brach schön belaubte grüne Zweige und ordnete die Blumen und das grüne Laubwerk so in das Körbchen, wie die Farben am schönsten voneinander abstachen. Die Seiten des Körbchens umschlang sie mit einem leichten Gewinde von Rosenknospen, das zarte grüne Moos und die blauen Vergissmeinnicht. Die frischen Rosenknospen, das zarte grüne Moos und die blauen Vergissmeinnicht nahmen sich auf dem feinen weißen Gitterwerk des Körbchens ungemein gut aus. Das ganze Blumenkörbchen war wirklich überaus schön. Selbst der ernste Vater lobte Mariens Einfall mit zufriedenem Lächeln und sagte, als sie es forttragen wollte: »Lass es noch ein wenig da, dass ich es noch länger betrachten kann.«

Marie trug das Körbchen in das Schloss und überreichte es unter den herzlichsten Glückwünschen der Gräfin Amalia. Die junge Gräfin saß eben an ihrem Putztisch. Ihr Kammermädchen stand hinter ihr und war mit Amaliens Kopfschmuck für das heutige Fest beschäftigt. Amalia hatte eine ganz ungemeine Freude und konnte nicht Worte genug finden, bald die schönen Blumen, bald das nette

Körbchen zu rühmen. »Gutes Kind!« sagte sie, »Du hast ja dein ganzes Gärtchen geplündert, um mich so reichlich zu beschenken! Und dein Vater macht ja eine Arbeit – so schön, so geschmackvoll, dass ich nie etwas Schöneres sah. Oh komm doch sogleich mit mir zu meiner Mutter.« Sie stand auf, nahm Marie freundlich bei der Hand und führte sie die Treppe hinauf in das Zimmer ihrer Mutter.

»Oh sehen Sie doch, Mama«, rief sie schon unter der Zimmertür, »was für ein unvergleichlich schönes Geschenk mir Marie brachte! Ein schöneres Körbchen haben Sie wohl nie gesehen, und schönere Blumen gibt es wohl auch nicht.«

Das Blumenkörbchen gefiel auch der Gräfin sehr wohl. »In der Tat«, sagte sie, »es ist sehr schön! Ich wünschte es gemalt zu besitzen. Das Körbchen mit den Blumen, auf denen noch der Morgentau liegt, gäbe ein so schönes Blumenstück, als je der größte Maler eines gemalt hat. Es macht Mariens gutem Geschmack sehr viel und ihrem guten Herzen noch mehr Ehre.«

»Warte indes hier ein wenig, liebes Kind!« sprach sie zu Marie und winkte Amalia, ihr in das Nebenzimmer zu folgen.

»Unbeschenkt«, sagte die Gräfin in dem Nebenzimmer zu ihrer Tochter, »dürfen wir Marie nicht gehen lassen. Was meinst du, dass sich wohl am besten für sie schicke?«

Amalia sann einige Augenblicke nach. »Ich denke«, sagte sie hierauf, »ein Kleid von mir wäre wohl das beste, etwa, wenn Sie, liebste Mama, es erlauben wollen, das mit den niedlichen roten und weißen Blümchen auf dunkelgrünem Grund. Es ist zwar noch so gut als neu. Ich hatte es kaum einige Male an. Allein ich bin aus demselben herausgewachsen. Für Marie aber gibt es noch ein schönes Festkleid. Zurechtmachen kann sie es sich selbst; sie ist dazu geschickt genug. Wenn es Ihnen nicht zuviel wäre, so will ich es ihr schenken.«

»Tu das!« sagte die Gräfin. »Wenn man den Leuten etwas geben will, so muss man ihnen etwas geben, dass ihnen damit gedient ist. Das grüne Kleid mit den niedlichen Blümchen wird der kleinen Blumengärtnerin recht gut stehen.«

»Geht jetzt, gute Kinder!« sagte die Gräfin gütig, indem sie mit Amalia aus dem Nebenzimmer trat, »und sorgt für die Blumen, damit sie bis zur Tischzeit nicht welken. Da wir heute Gäste bekommen, so soll das Körbchen die schönste Zierde der Tafel sein und anstatt des Aufsatzes dienen. Dir zu danken, liebe Marie, überlass ich Amalia!«

Amalia eilte mit Marie in ihr Zimmer und befahl ihrem Kammermädchen, das Kleid zu holen. Jettchen – so hieß das Mädchen – blieb stehen und sagte: »Das Kleid werden euer Gnaden heute ja wohl nicht anziehen?« – »Nein!« sagte Amalia, »Ich werde es Marie schenken.« – »Das Kleid?« rief Jettchen schnell. »Weiß das die gnädige Mama?« – »Bringe du das Kleid«, sagte Amalia ernst, »und für das übrige lass mich sorgen.«

Jettchen wandte sich schnell um, ihren Verdruss zu verbergen, und ging. Ihr Angesicht glühte von Zorn. Zornig riss sie die Kleider der jungen Gräfin aus dem Kasten. »Wenn ich nur alle sogleich zerreißen dürfte!« sagte sie. »Das verwünschte Gärtnermädchen! Um einen Teil von der Gunst meiner Herrschaft hat sie mich ohnehin schon gebracht, und nun stiehlt sie mir noch obendrein dieses Kleid da; denn die abgelegten Kleider gehören von Rechts wegen mir. Oh, die Augen könnte ich der verhassten Blumenkrämerin auskratzen!« Indes verbiss Jettchen ihren Zorn, so gut sie konnte, stellte sich, wie sie in das Zimmer trat, freundlich an und übergab Amalia das Kleid.

»Liebe Marie«, sagte Amalia, »es sind mir zwar heute reichere Geschenke gemacht worden als dein Körbchen, aber kein angenehmeres. Die Blumen in dem Kleid da sind freilich nicht so schön als die deinigen, aber ich denke, du werdest sie aus Liebe zu mir doch nicht verschmähen. Trage das Kleid zum Andenken an mich, und grüße mir deinen Vater.« Marie nahm das Kleid, küsste der jungen Gräfin die Hand und ging.

Jettchen setzte voll Ärger, Neid und geheimem Ingrimm ihre Arbeit stillschweigend fort. Es kostete sie in der Tat keine geringe Überwindung, es Amaliens Haaren während des Frisierens nicht ein wenig empfinden zu lassen, wie aufgebracht sie war. »Bist du böse, Jettchen?« fragte Amalia sanft. »Das wäre ja dumm«, sagte Jettchen, »wenn ich böse wäre, weil Sie so gut sind.« – »Das war sehr vernünftig gesprochen«, sagte Gräfin Amalia, »ich wünschte, du möchtest auch so vernünftig denken!«

Marie eilte indes mit dem schönen Kleid voll Freude nach Hause. Der kluge Vater hatte aber über das schöne Geschenk keine besondere Freude. Er schüttelte den grauen Kopf und sagte: »Du hättest mir das Körblein lieber nicht in das Schloss getragen. Das Kleid ist mir, als ein Geschenk von unserer gnädigen Herrschaft, zwar sehr schätzenswert; allein ich fürchte, es möchte andere auf uns neidisch, und was das Schlimmste wäre, dich eitel machen. Sei daher doch recht auf deiner Hut, Marie, dass wenigstens das Schlimmste unterbleibe. Bescheidenheit und Sittsamkeit kleiden ein Mädchen besser als der schönste, auserlesenste Anzug.«

3. Der entwendete Ring

Kaum hatte Marie das schöne Kleid anprobiert, es dann wieder sorgfältig zusammengelegt und in den Kasten verschlossen, so kam die junge Gräfin blass und zitternd und fast außer Atem in das kleine Stübchen.

»Um Gottes willen, Marie«, sprach sie, »was hast du gemacht? Der Diamantring meiner Mutter ist weg! Niemand kam in das Zimmer als du. Oh gib ihn doch geschwind her, sonst gibt das eine schreckliche Geschichte. Gib geschwind; dann lässt sich die Sache noch vermitteln.«

Marie erschrak, dass sie totenbleich wurde. »Ach Gott«, sagte sie, »was ist das! Ich habe den Ring nicht. Ich habe in dem Zimmer nicht einmal einen Ring gesehen. Ich kam nicht von dem Plätzchen, auf dem ich stand.«

»Marie«, sagte die Gräfin Amalia wieder, »ich bitte dich um deiner eigenen Wohlfahrt willen, gib mir den Ring. Du weißt nicht, was der einzige Stein in demselben für einen Wert hat. Der Ring kostete bei tausend Taler. Wenn du das gewusst hättest, so würdest du ihn sicher nicht genommen haben. Du sahst ihn wohl nur für eine Kleinigkeit an. Gib ihn mir, und alles soll dir als ein jugendlicher Unverstand verziehen werden.«

Marie fing an zu weinen. »Wahrlich«, sagte sie, »ich weiß nichts von einem Ring. Ich habe mir nie getraut, etwas Fremdes auch nur anzurühren, viel weniger, es zu stehlen. Mein Vater hat es mir zu sehr eingeschärft, niemand etwas zu nehmen.«

Jetzt trat der Vater in das Stübchen. Er hatte in dem Garten gearbeitet und die junge Gräfin so eilfertig in das Haus gehen sehen. »Gott im Himmel, was ist das?« rief er, als er vernommen hatte, wovon die Rede sei. Der gute Mann hatte einen solchen Schrecken, dass er sich an der Tischecke halten und auf die Bank niedersetzen musste.

»Kind«, sprach er, »einen solchen Ring zu stehlen, ist ein Verbrechen, auf das der Tod gesetzt ist. Das ist aber noch das wenigste. Denke an das Gebot Gottes: ›Du sollst nicht stehlen.‹ Für eine solche Tat sind wir nicht bloß den Menschen, wir sind dafür noch einem größeren Herrn verantwortlich – dem höchsten Richter, der in alle Herzen blickt, und vor dem kein Leugnen und keine Ausflucht gilt. Hast du Gottes und seiner heiligen Gebote vergessen und dich meiner väterlichen Ermahnungen in dem Augenblick der Versuchung nicht mehr erinnert; hast du deine Augen von dem Glanz des Goldes und der Edelsteine verblenden und dich zu dieser Sünde verleiten lassen; so leugne es nicht, bekenne es, und gib den Ring zurück. Das ist der einzige Weg, den Fehler gutzumachen, soviel er noch kann gutgemacht werden.«

Marie sagte weinend und schluchzend: »Oh Vater, gewiss – gewiss – ich habe nichts von einem Ring gesehen. Ach, wenn ich einen solchen Ring auf der Straße gefunden hätte, ich würde keine Ruhe mehr haben, bis ich ihn dem Eigentümer wieder zurück gestellt hätte. Gewiss, ich hab ihn nicht!«

»Sieh«, fing der Vater wieder an, »der Engel, die junge Gräfin Amalia, die nur aus Liebe zu dir herunterkam, um dich noch aus den Händen des Gerichts zu erretten, die es so gut mit dir meint, die dich diesen Augenblick erst so reichlich beschenkte, verdient es nicht, dass du sie belügst – und sie zu deinem eigenen Verderben zu hintergehen suchst! Hast du den Ring, so sag es, und die gnädige Gräfin hier wird durch ihre Fürbitte die verdiente Strafe von dir abwenden. Marie, sei aufrichtig und lüge nicht!«

»Vater!« sagte Marie, »Ihr wisst es ja selbst, in meinem ganzen Leben habe ich nicht eines Hellers Wert gestohlen! Nicht einmal einen Apfel von einem fremden Baum oder eine Handvoll Gras von der Wiese eines andern würde ich mir zu nehmen getrauen; wieviel weniger so Kostbares. Glaubt es doch, Vater! Ich habe Euch ja in meinem Leben nie etwas belogen!«

»Marie«, sagte der Vater noch einmal, »sieh meine grauen Haare an! Bring sie nicht mit Herzeleid unter die Erde! Erspar mir diesen Jammer! Sag es vor Gott – zu dem ich bald zu kommen hoffe, und der keine Diebe in seinen Himmel eingehen lässt – hast du den Ring? Um deiner eigenen Seligkeit willen bitte ich dich, sage die Wahrheit!«

Marie blickte mit weinenden Augen zum Himmel, erhob die gefalteten Hände und rief: »Gott weiß es, ich habe den Ring nicht! So gewiss ich selig werden will; so gewiss habe ich ihn nicht.«

»Nun«, sagte der Vater, »so glaub ich es auch, du hast ihn nicht. Denn so würdest du vor Gottes Angesicht, vor der edlen Gräfin hier und vor deinem alten Vater nicht lügen. Und da du, wie ich fest glaube, unschuldig bist, so bin ich ruhig. Sei du es auch, Marie, und fürchte nichts. Es gibt nur ein einziges wahres Übel in der Welt, das wir zu fürchten haben, und das ist die Sünde. Kerker und Tod sind nichts dagegen. Was nun auch über uns kommen wird, und wenn uns auch alle Menschen verlassen und wider uns sein werden, so haben wir doch Gott zum Freund, und der rettet uns gewiss und bringt unsere Unschuld hier oder dort an den Tag.«

Die junge Gräfin wischte sich eine Träne ab und sagte: »Wenn ich euch, ihr lieben Leute, so reden höre, so glaube ich es freilich auch, dass ihr den Ring nicht habt. Allein, wenn ich wieder alle Umstände überlege, so scheint es mir doch nicht anders möglich – ihr müsst ihn haben! Meine Mutter weiß das Plätzchen auf ihrem Arbeitstischchen, wo sie den Ring hinlegte, gerade bevor ich mit Marie ins Zimmer trat, bestimmt. Keine Seele kam sonst in das Zimmer. Dass ich nicht an das Tischchen hinkam, wird Marie selbst bezeugen. Marie war, während meine Mutter mit mir in dem Nebenzimmer redete, allein in dem Zimmer; vor und nach ihr kein Mensch. Nachdem wir fort waren, schloss meine Mutter die Tür, um sich anders anzukleiden. Da sie angekleidet ist und nur noch den Ring anstecken will – so ist er weg! Zum Überfluss durchsuchte meine Mutter noch selbst das ganze Zimmer. Sie brauchte noch die Vorsicht und ließ niemand von unsern eigenen Leuten, nicht einmal mich, in das Zimmer, bis sie alles zwei- oder dreimal durchsucht hatte. Allein vergebens! Wer kann nun den Ring haben?«

»Das begreife ich auch nicht!« sagte der Vater. »Gott hat uns eine schwere Prüfung zugedacht. Doch was da auch über uns verhängt sein sollte« – sagte er mit einem Blick zum Himmel – »sieh, Herr, hier bin ich! Nur deine Gnade gib mir, oh Gott, und es ist mir genug.«

»Wahrhaftig«, sagte die Gräfin, »ich gehe mit recht schwerem Herzen nach Hause. Das ist mir ein trauriger Geburtstag! Es wird eine böse Geschichte geben. Meine Mutter hat zwar noch keiner Seele ein Wort davon gesagt als mir, um Marie nicht unglücklich zu machen. Allein länger lässt sich die Sache nicht mehr verheimlichen. Meine Mutter muss den Ring heute tragen. Mein Vater, den wir heute auf Mittag aus der Residenz erwarten, würde ihn sogleich vermissen. Er hat ihn ihr an dem Tag verehrt, da ich zur Welt kam. Sie trug ihn noch jedesmal an meinem Geburtstag. Sie erwartet, dass ich ihn gewiss bringe!« – »Lebt wohl!« sagte Amalia noch. »Ich will es wohl sagen, dass ich Euch für unschuldig halte; aber wird man es mir auch glauben?« Sie ging traurig und mit Tränen in den

Augen zur Tür hinaus. Vater und Tochter waren zu bestürzt, als dass eines sie hätte begleiten können.

Der Vater saß auf der Bank, stützte den Kopf auf die Hand, sah nachdenkend zur Erde, und Zähren flossen über seine bleichen Wangen. Marie fiel vor ihm auf die Knie, blickte weinend zu ihm auf und sagte: »Oh Vater, ich bin an der ganzen Geschichte unschuldig. Gewiss, ich bin unschuldig!«

Der Vater hob sie auf, blickte ihr lange in die blauen Augen und sagte dann: »Ja, Marie, du bist unschuldig. So redlich und treuherzig kann einen die Schuld nicht anblicken.«

»Oh Vater«, fing Marie wieder an, »was kann dies für ein Ende nehmen! Wie wird es uns ergehen? Oh wenn das, was da kommen wird, nur mich allein träfe, ich wollte es gerne tragen. Aber dass Ihr, Ihr wegen meiner leiden sollet, das ist mir das Schrecklichste!«

»Vertrau auf Gott«, sagte der Vater, »und sei unverzagt. Gegen seinen Willen kann uns kein Haar gekrümmt werden. Was da kommen wird, ist alles von Gott – also gut und zu unserm Besten, und was wollen wir mehr? – Lass dich nur nicht schrecken, und bleibe immer genau bei der Wahrheit. Wie man dir drohen, was man dir auch versprechen wird, weiche nur kein Haar breit von der Wahrheit ab und verletze dein Gewissen nicht. Ein gutes Gewissen ist ein gutes Ruhekissen – auch im Kerker.

Wir werden jetzt wohl voneinander getrennt werden; dein Vater wird dich nicht mehr trösten können, gute Marie! Halte dich also desto fester an deinen Vater im Himmel. Er, der mächtige Beschützer der Unschuld, kann dir nicht genommen werden!«

Jetzt ward plötzlich die Tür aufgerissen – der Justizamtmann, der Aktuar und mehrere Gerichtsdiener traten in das Stübchen. Marie tat einen lauten Schrei und umfasste ihren Vater mit beiden Armen. »Reißt sie auseinander!« rief der Amtmann, und seine Augen funkelten vor Zorn. »Die Tochter legt in Ketten und werft sie in das Gefängnis. Auch den Vater bringt einstweilen in sichere Verwahrung. Haus und Garten haltet wohl besetzt und lasst niemand herein, bis ich und der Aktuar alles selbst genau durchsucht haben.«

Die Gerichtsdiener rissen Marie, die ihren Vater fest umschlungen hielt, ihm mit Gewalt aus den Armen und fesselten sie. Sie fiel in Ohnmacht und ward ohnmächtig fortgeschleppt. Als man Vater und Tochter auf die Straße heraus brachte, war schon eine Menge Leute zusammengelaufen. Die Geschichte von dem Ring hatte sich sogleich durch den ganzen Flecken verbreitet. Es war ein Auflauf, ein Gedränge um das kleine Gärtnerhaus, als stünde es im Brand. Man hörte die verschiedensten Urteile. So gut Jakob und Marie gegen alle Menschen waren, so fehlte es doch nicht an Leuten, die voll Schadenfreude die boshaftesten Bemerkungen machten. Weil Jakob und Marie durch Fleiß und Sparsamkeit sich sehr gut fortbrachten, so wurden sie von manchen beneidet. »Nun weiß man doch«, sagten sie, »woher ihr Vermögen kommt. Vorher konnten wir es nicht begreifen. So aber ist es keine Kunst, besser zu leben und sich schöner zu kleiden als andere ehrliche Leute im Flecken.«

Die meisten Einwohner von Eichburg hatten aber ein aufrichtiges Mitleid mit dem ehrlichen Jakob und seiner guten Tochter, und mancher Hausvater und manche Hausmutter sprachen untereinander: »Ach Gott, es ist doch ein Elend mit uns Menschen! Der beste ist nicht sicher vor dem Fall. Wer hätte das von den wackern Leuten gedacht? Doch – vielleicht ist es nicht so, und dann wolle Gott ihre Unschuld an den Tag kommen lassen. Und wäre es auch, nun, so wolle Gott ihnen beistehen, dass sie ihren Fehler erkennen, sich bessern und dem großen Unglück, das ihnen droht, entgehen. Er wolle uns alle in Gnaden vor Sünden bewahren, vor denen wir ja keinen Tag ganz sicher sind!«

Von den Kindern des Ortes standen da und dort einige beisammen und weinten. »Ach«, sagten sie, »wenn man sie einsperrt, so kann uns ja der ehrliche Jakob kein Obst und die gute Marie keine Blumen mehr geben. Man sollte es nicht tun!«

4. Marie im Gefängnis

Man hatte Marie noch halb ohnmächtig in das Gefängnis gebracht. Sie kam zu sich selbst, weinte, schluchzte, rang die Hände, betete und sank dann, von Schrecken, Traurigkeit und dem vielen Weinen ganz erschöpft, auf ihr Lager von Stroh, und ein sanfter Schlaf schloss ihr die müden Augenlider. Als sie wieder erwachte, war es bereits Nacht. Alles um sie her war dunkel, und sie konnte nichts unterscheiden. Sie wusste lange nicht, wo sie war. Die Geschichte mit dem Ring kam ihr wie ein bloßer Traum vor, und sie meinte anfangs, sie befinde sich in ihrem Bett. Sie fing schon an, sich zu freuen – allein da fühlte sie die Ketten an ihren Händen, und das Rasseln derselben klang fürchterlich in ihren Ohren. Erschrocken fuhr sie von ihrem Strohlager auf. »Oh, was kann ich anders tun«, rief sie und sank auf die Knie, »als diese gefesselten Hände zu dir emporheben, lieber Gott! Oh blicke in dieses Gefängnis und sieh mich hier auf meinen Knien. Du weißt es, dass ich unschuldig bin! Du bist der Retter der Unschuld! Rette mich! Erbarme dich meiner – erbarme dich meines armen alten Vaters! Oh gib doch nur wenigstens ihm Trost in das Herz und lass lieber mich alle Leiden doppelt fühlen!«

Ein Strom von Tränen floss bei dem Gedanken an ihren Vater aus ihren Augen; Schmerz und Mitleiden erstickten ihre Stimme. Sie weinte und schluchzte lange so fort.

Jetzt schien der Mond, den bisher schwere Gewitterwolken bedeckt hatten, durch das kleine schwarze Eisengitter in ihren Kerker und bildete das Gitter auf dem Boden des Gefängnisses ab. Marie konnte am Widerschein des hellen Mondlichtes die vier Wände des engen Kerkers, die rohen Ziegelsteine, aus denen sie ausgeführt waren, die weißen Kalkfugen zwischen den roten Steinen, das kleine Mäuerlein, das in einer Ecke statt eines Tisches angebracht war, den irdenen Krug und die irdene Schüssel, die auf dem Mäuerchen standen, und jedes Hälmlein des Strohes, das ihr zum Lager diente, deutlich erkennen. Sowie die dichte Finsternis um Marie verschwunden war, wurde es ihr etwas leichter um das Herz. Es war ihr bei dem Anblick des Mondes nicht anders, als erblicke sie einen alten Freund. »Kommst du«, sagte sie, »lieber Mond, und siehst dich nach deiner Freundin um? Oh, damals, als du noch durch die grünen Rebenblätter am Fenster in mein kleines Schlafkämmerlein schienst, damals glänzest du viel schöner und heller als jetzt durch dieses dicke, schwarze Eisengitter. Trauerst du etwa auch mit mir? – Ach, ich hätte freilich nie geglaubt, dich einmal so zu sehen! – Was macht wohl jetzt mein Vater? Wacht er jetzt vielleicht auch und weint und jammert er, wie ich? Ach, dass ich ihn doch nur einen Augenblick sehen könnte! Du, lieber Mond, blickest vielleicht jetzt auch in seinen Kerker! Oh, könntest du doch reden, könntest du ihm doch sagen, wie seine Marie um ihn weine und jammere!

Aber wie töricht rede ich in meiner Trauer! Verzeih mir diese eiteln Reden, lieber Gott! Du, oh Gott, blickst in das Gefängnis meines Vaters! Du siehst ihn und mich! Du schaust in unser beider Herzen! Deine allmächtige Hilfe lässt sich durch keine Mauern und durch keine Eisengitter abhalten. Oh, sende du ihm Trost in seinen Leiden!«

Marie bemerkte hierauf mit Verwunderung, dass ein lieblicher Geruch ihr Gefängnis erfülle. Sie hatte am Morgen eine halbgeöffnete Rosenknospe und andere Blumen, die ihr von dem Blumenkörbchen übrig geblieben waren, in ein Sträußchen gebunden und es vor die Brust gesteckt. Diese Blumen hauchten die süßen Wohlgerüche aus. »Seid ihr noch da, ihr lieben Blümchen«, sagte sie, als sie das Sträußchen erblickte, »und musstet ihr auch mit mir in das Gefängnis hierher wandern, ihr schuldlosen Geschöpfe? Womit habt denn ihr es verdient? Doch, das sei mein Trost, dass ich es so wenig verschuldet habe als ihr.«

Sie nahm das Sträußchen ab und betrachtete es am Schimmer des Mondes. »Ach«, sagte sie, »als ich am Morgen in meinem Garten diese Rosenknospe und an dem nahen Bächlein diese Vergissmeinnicht pflückte, wer hätte da geglaubt, dass ich den Abend in diesem

Kerker liegen würde! – Als ich jene Blumenkette um das Körbchen wand, wer hätte es gedacht, dass ich heute noch diese eisernen Ketten tragen würde? So veränderlich ist alles auf Erden! So weiß kein Mensch, wie schnell es mit ihm anders werden kann – und zu welchen traurigen Ereignissen seine schuldlosesten Handlungen Anlass geben können! Der Mensch hat also wohl Ursache, sich jeden Morgen dem Schutz Gottes zu empfehlen.«

Sie weinte aufs neue; ihre Tränen tröpfelten auf die Rosenknospe und die Vergissmeinnicht und schimmerten im Mondlicht daran wie Tau. »Derjenige, der die Blumen nicht vergisst und sie mit Tau und Regen tränkt«, sagte sie, »kann ja auch meiner nicht vergessen. Ja, du lieber Gott, tröpfle Trost in mein Herz und in das Herz meines Vaters, wie du die Kelche der dürstenden Blumen mit reinem Tau des Himmels füllest!«

Mit Tränen gedachte sie jetzt ihres Vaters. »Oh du guter Mann!« sagte sie; »Wenn ich dieses Sträußchen da so betrachte – wie viele deiner Worte, die du mir über die Blumen sagtest, kommen mir da wieder in den Sinn!

Diese Rosenknospe da blühte aus den Dornen hervor; so werden auch aus diesen meinen Leiden Freuden hervorblühen!

Diese Vergissmeinnicht erinnern mich an ihren Schöpfer! Ja, du lieber Gott, ich will deiner nicht vergessen, wie du meiner nicht vergissest!

Diese Resede hier ist es vorzüglich, die den ganzen Kerker mit lieblichen Gerüchen erfüllt. Sanftes, mildes Kräutchen, auch den, der dich abbricht, erfreust du mit deinem Wohlgeruch. Dir will ich auch gleichen – auch denen gut sein, die mich, ohne dass ich ihnen etwas zuleide tat, aus meinem Garten rissen und in diesen Kerker warfen!

Hier ist ein Zweiglein Sinngrün. Dieses bleibt auch im Winter frisch und behält auch zur rauhen Jahreszeit die schöne, grüne Farbe der Hoffnung! Ich will auch jetzt, zur Zeit des Leidens, die Hoffnung nicht aufgeben. Gott, der dieses kleine Gewächs mitten unter den Stürmen des Winters, unter Eis und Schnee, frisch und grün erhalten kann, der wird auch mich erhalten – mitten unter den Stürmen des Leidens!

Da sind noch ein paar Lorbeerblätter. Diese erinnern mich an den unverwelklichen Lorbeerkranz, der allen, die hier auf Erden geduldig und heldenmütig leiden, im Himmel hinterlegt ist.«

Eine finstere Wolke verdunkelte jetzt plötzlich den Mond. Marie sah nichts mehr von ihren Blumen, und schauerliches Dunkel erfüllte den Kerker. Es ward ihr aufs neue bange um das Herz. Allein bald ging die Wolke vorüber und der Mond schien wieder hell und schön, wie zuvor. »So«, sprach jetzt Marie, »kann die Unschuld wohl auch verdunkelt werden; aber am Ende glänzt sie doch wieder hell und schön. So wirst du, oh Gott, auch meine Unschuld, auf der jetzt eine schwere Wolke bösen Verdachtes ruht, am Ende gegen alle falschen Beschuldigungen siegen lassen.«

Marie legte sich jetzt wieder auf ihren Bund Stroh nieder und schlief ruhig und getrost ein. Ein lieblicher Traum tröstete und erheiterte sie noch im Schlaf. Sie träumte, sie wandle beim Mondschein in einem ihr ganz fremden Gärtchen, das mitten in einer rauhen Wildnis voll finsterer Tannen lag und ihr unbeschreiblich lieblich und freundlich vorkam. So hell und schön hatte sie den Mond noch nie gesehen. Alle Blumen des Gärtchens blühten, von seinem sanften Schimmer erhellt, schöner und lieblicher. Auch ihren Vater erblickte sie in dem wunderschönen Gärtchen. Der Mond erleuchtete sein ehrwürdiges, heiter lächelndes Angesicht. Sie eilte auf ihn zu und weinte an seinem Hals die süßesten Tränen, von denen, als sie erwachte, ihre Wangen noch ganz nass waren.

5. Marie vor Gericht

Marie war kaum erwacht, so trat ein Gerichtsdiener in das Gefängnis und führte sie vor Gericht. Ein Schauder überlief sie, als sie in die düstre, hochgewölbte Gerichtsstube mit den altertümlichen Fenstern voll kleiner, sechseckiger Scheiben hineintrat. Der Amtmann saß als Richter in einem großen, mit blutrotem Tuch überzogenen Armsessel; der Aktuar mit der Feder in der Hand an einem ungeheuren Schreibtisch, der vor Alter bereits schwarz aussah. Der Richter legte ihr eine Menge Fragen vor; Marie beantwortete sie alle der Wahrheit gemäß. Sie weinte, jammerte, beteuerte ihre Unschuld. Allein der Richter sprach: »Mich betrügst du nicht, das Unmögliche für möglich zu halten. Niemand kam in das Zimmer als du; niemand kann den Ring haben als du; also bekenne.«

Marie wiederholte unter Tränen: »Ich kann und weiß es einmal nicht anders zu sagen! Ich weiß gar nichts von einem Ring; ich sah ihn nicht und hab ihn nicht!«

»Man hat den Ring in deinen Händen gesehen!« fuhr der Richter fort. »Was sagst du nun dazu?« Marie beteuerte, das sei unmöglich. Der Richter klingelte hierauf, und – Jettchen wurde hereingeführt.

Jettchen hatte in ihrem grimmigen Zorn wegen des Kleides und in der bösen Absicht, Marie um die Gunst der Herrschaft zu bringen, zu den Leuten im Schloss gesagt: »Den Ring hat niemand anders als das liederliche Gärtnermädchen. Als ich sie die Treppe herabkommen sah, betrachtete sie in der Hand einen Ring mit Steinen. Sie schob ihn aber, als sie mich merkte, den Augenblick erschrocken ein. Mir kam das sogleich verdächtig vor. Indes wollte ich nicht voreilig sein und schwieg. Vielleicht, dachte ich, hat man ihr den Ring, wie so manches andere, geschenkt, hat sie ihn aber gestohlen, so wird es schon Lärm werden, und dann ist es noch immer Zeit, zu reden. Ich bin recht froh, dass ich heute noch nicht in das Zimmer der gnädigen Gräfin kam. Solche schlechte Leute wie diese heuchlerische Marie könnten auch noch andere honette Personen in Verdacht bringen!«

Man nahm Jettchen beim Wort; sie sollte jetzt ihre Aussage vor Gericht bestätigen. Als sie in die Gerichtsstube trat und der Richter sie ermahnte, vor Gericht die Wahrheit zu bekennen, da klopfte ihr freilich das Herz nicht wenig, und die Knie zitterten ihr. Allein das schlechte Mädchen gab den Worten des Richters und der Stimme ihres Gewissens kein Gehör. Sie dachte: »Wenn ich jetzt bekenne, dass ich gelogen habe, so werde ich davongejagt oder gar eingesperrt!« Sie bestand daher auf ihrer Lüge und sagte es Marie frech unter das Gesicht: »Du hast den Ring; ich habe ihn bei dir gesehen.«

Marie entsetzte sich über diese Falschheit. Allein sie lästerte und schmähte nicht. Sie weinte bloß und konnte vor Weinen kaum die Worte hervorbringen: »Es ist nicht wahr; du sahest den Ring nicht bei mir. Wie magst du doch so entsetzlich lügen und mich, die dir kein Leid getan hat, so unglücklich machen!«

Allein Jettchen, die nur auf ihren eigenen zeitlichen Vorteil sah und noch immer voll Hass und Neid gegen Marie war, kehrte sich gar nicht daran. Sie wiederholte ihre Lüge noch einmal mit allen erdichteten Umständen ausführlich und ward dann auf den Wink des Richters wieder abgeführt.

»Du bist überwiesen!« sagte der Richter hierauf zu Marie. »Alle Umstände sind gegen dich. Die Kammerjungfer der jungen Gräfin hat den Ring sogar in deinen Händen gesehen. Nun sag an, wo du ihn hingetan hast.«

Marie blieb darauf, sie habe ihn nicht. Da ließ der Richter sie schlagen bis aufs Blut. Marie schrie, weinte, flehte zu Gott, wiederholte immer und immer, sie sei unschuldig – allein alles half nichts. Sie wurde grausam misshandelt. Blass, zitternd, blutend wurde sie endlich wieder in das Gefängnis geworfen. Ihre Wunden schmerzten sie entsetzlich; schlaflos lag sie die halbe Nacht auf ihrem harten Lager von Stroh; sie weinte, wimmerte, betete zu Gott – dieser sandte ihr endlich einen erquickenden Schlummer.

Des andern Tages ließ der Richter Marie wieder vor Gericht bringen. Da alle Strenge nichts geholfen hatte, so versuchte er sie durch Milde und durch freundliche Versprechungen zum Geständnis zu bringen. »Du hast das Leben verwirkt!« sagte er. »Du hast verdient, durch das Schwert hingerichtet zu werden. Wenn du aber bekennst, wo der Ring ist, so soll dir nichts weiters mehr geschehen. Die Schläge sollen für deine Strafe gelten. Du sollst mit deinem Vater wieder friedlich in deine Wohnung zurückkehren. Bedenke das wohl und wähle – zwischen Leben und Tod! Sieh, ich meine es gut mit dir. Was wird der gestohlene Ring dir nützen, wenn dein Haupt blutend zu deinen Füßen liegt?« – Marie blieb bei ihrer ersten Aussage.

Der Richter, der ihre große Liebe zu ihrem Vater bemerkt hatte, fuhr fort: »Wenn du denn verstockt bleiben und selbst dein junges Leben nicht achten willst – so denke an das graue Haupt deines Vaters! Willst du es blutend unter der Hand des Henkers fallen sehen? Wer als er kann dich beredet haben, so hartnäckig zu leugnen? Meinst du nicht, dass es ihm auch den Kopf kosten könnte?« Marie erschrak über diese Worte, dass sie fast umsank. »Bekenne«, sagte der Richter, »dass du den Ring genommen hast. Ein Wort, die einzige Silbe ›Ja!‹, kann dein und deines Vaters Leben retten!«

Dies ward für Marie eine harte Versuchung. Sie schwieg lange still. Es kam ihr wohl der Gedanke, sie könnte sagen, sie habe den Ring genommen, aber unterwegs verloren. Allein sie dachte bei sich selbst: »Nein, es ist doch besser, es durchaus mit der Wahrheit zu halten. Lügen wäre ja Sünde! Um keinen Preis will ich eine Sünde begehen, und könnte ich dadurch selbst mein und meines Vaters Leben retten. Dir, oh Gott, will ich gehorchen, und alles übrige getrost dir überlassen.« Sie sagte hierauf mit lauter, bewegter Stimme: »Wenn ich sagen würde, dass ich den Ring habe, so wäre das eine Lüge, und wenn ich mich durch eine Lüge vom Tod befreien könnte, so wollte ich es doch nicht tun. Aber«, fuhr sie fort, »wenn einmal Blut fließen soll, oh so schonet doch der grauen Haare meines guten Vaters! Für ihn will ich mit Freuden mein Blut vergießen.«

Von diesen Worten wurden alle, die zugegen waren, gerührt. Selbst dem Richter, ein so ernster, strenger Mann er sonst war, gingen sie zu Herzen. Er schwieg – und winkte, Marie wieder in das Gefängnis zu führen.

6. Vater Jakob bei Marie im Gefängnis

Der Richter befand sich nun in nicht geringer Verlegenheit. »Es ist heute schon der dritte Tag«, sagte er am folgenden Morgen zu seinem Aktuar, »und wir sind noch nicht weiter als in der ersten Stunde. Wenn ich nur eine Möglichkeit vor mir sähe, dass jemand anders den Ring haben könnte, so wollte ich glauben, das Mädchen sei unschuldig. Eine solche Hartnäckigkeit in einem so zarten Alter ist etwas ganz Unerhörtes. Allein die Umstände sind zu klar gegen sie; es kann nicht anders sein, sie muss den Ring dennoch gestohlen haben.«

Er ging noch einmal zur Gräfin und befragte sie noch einmal um die kleinsten Umstände. Er nahm Jettchen noch einmal in das Verhör. Er saß beinahe den ganzen Tag über den Prozessakten und überlegte ein jedes Wort, das Marie im Verhör gesagt hatte. Er ließ endlich noch am späten Abend Mariens Vater aus dem Gefängnis holen und auf sein Zimmer bringen.

»Jakob«, fing er an, »ich bin zwar als ein strenger Mann bekannt. Aber das werdet Ihr mir doch nicht nachsagen können, dass ich in meinem Leben jemand mit Wissen Unrecht getan habe. Ich denke, ihr traut es mir zu, dass ich den Tod Eurer Tochter nicht will. Allein nach allen Umständen muss sie den Diebstahl begangen haben, und nach den Gesetzen muss sie sterben. Die Aussage der Kammerjungfer bringt die Sache zur völligen Gewissheit. Wenn indes der Ring zum Vorschein käme und so der Schaden gutgemacht würde, so könnte sie ihrer Jugend wegen begnadigt werden. Fährt sie aber fort, so hartnäckig und boshaft zu leugnen, so ersetzt sie die Bosheit, was ihr an Jahren abgeht, und sie ist ein Kind des Todes. Geht also zu ihr, Jakob; redet ihr zu, den Ring zurückzugeben, und ich gebe Euch die Hand darauf, sie soll dann – aber nur dann, merkt das! – nicht sterben, sondern mit einer gelinderen Strafe davonkommen. Ihr seid Vater; Ihr vermögt alles über sie! Wenn Ihr nichts aus ihr herausbringt – was kann man anders denken, als dass Ihr mit ihr einverstanden seid und an ihrem Verbrechen teilgenommen habt? Noch einmal: Wenn der Ring nicht zum Vorschein kommt, so geht es nicht gut.«

Der Vater sagte: »Reden will ich wohl mit ihr; aber dass sie den Ring nicht gestohlen hat und es also auch nicht bekennen kann, weiß ich schon zuvor. Ich will indes alles versuchen, und ich sehe es als eine große Gnade an, dass ich mein Kind, wenn es dennoch unschuldig hingerichtet werden sollte, zuvor noch einmal sehen darf!«

Der Gerichtsdiener führte den alten Mann stillschweigend in Mariens Gefängnis, stellte die rauchende Öllampe auf das Mäuerlein im Kerker, auf dem das irdene Schüsselchen mit Mariens Nachtessen und der irdene Wasserkrug noch unberührt dastanden, ging dann wieder hinaus und schloss die Tür hinter sich zu.

Marie lag, das Gesicht gegen die Wand gekehrt, auf ihrem Stroh und schlummerte ein wenig. Als sie die Augen öffnete und den düsterroten Schimmer der Öllampe bemerkte, wandte sie sich um – erblickte ihren Vater, tat einen lauten Schrei, fuhr so heftig, dass ihre Ketten rasselten, von ihrem Strohlager auf und fiel, halb ohnmächtig, ihrem Vater um den Hals. Er setzte sich mit ihr auf das Stroh und schloss sie fest in seine Arme. Beide schwiegen lange, und ihre Tränen flossen ineinander.

Endlich fing der Vater an, seinem Auftrag gemäß zu reden. »Ach Vater«, fiel ihm Marie in das Wort, »Ihr, Ihr werdet ja doch nicht an meiner Unschuld zweifeln! Ach Gott«, fuhr sie weinend fort, »so ist denn kein Mensch mehr in der Welt, der mich nicht für eine

Diebin hält! Selbst mein Vater nicht! – Vater, glaubt es doch, Ihr habt an mir keine Diebin erzogen.«

»Sei ruhig, liebes Kind, ich glaube dir!« sprach der Vater. »Es ward mir bloß befohlen, dich so zu fragen.« Beide schwiegen wieder.

Der Vater betrachtete Marie. Ihre Wangen waren blass und abgehärmt, ihre Augen vom Weinen rot und geschwollen, ihre dichten, blonden Haare, in die sie sich hätte ganz einhüllen können, waren aufgelöst und flogen zerstreut umher. »Armes Kind«, sprach er, »Gott hat dir ein schweres Leiden aufgelegt! Und ich fürchte – ich fürchte, das Allerschwerste, das Entsetzlichste kommt erst noch! Ach vielleicht – vielleicht werden sie dir dieses jugendliche Haupt gar abschlagen!«

»Ach Vater«, sagte Marie, »um mich ist es mir gar nicht. Aber Euer graues Haupt – oh Gott! – wenn ich das unter dem Schwert müsste fallen sehen!«

»Für mich fürchte nichts, liebes Kind«, sagte der Vater. »Mir geschieht nichts! Aber mit dir – ich hoffe zwar noch das Bessere – aber mit dir könnte es wirklich so weit kommen, dass sie dir das Leben nehmen.«

»Oh«, rief Marie freudig, indem sie den Vater unterbrach, »wenn dies ist, dann ist mir der schwerste Stein vom Herzen – dann ist alles gut. Vater, gewiss! Ich fürchte den Tod nicht. Ich komme ja zu Gott, zu meinem Erlöser! Auch meine Mutter werde ich im Himmel wiedersehen! Oh wie freue ich mich darauf!«

Diese Worte gingen dem alten Vater tief zu Herzen. Er weinte wie ein Kind. »Nun, gottlob«, sagte er endlich und faltete die Hände, »gottlob, dass ich dich so gefasst finde. Zwar ist es hart – sehr hart – für einen alten, abgelebten Mann, für einen liebenden Vater, sein einziges, sein inniggeliebtes Kind, den einzigen Trost, die letzte Stütze, die Krone und Freude seines Alters so zu verlieren. – Doch«, schluchzte er mit gebrochener Stimme, »Herr, dein Wille geschehe! Du verlangst ein schweres Opfer von dem Vaterherzen. Allein dir bring ich es willig. Nimm sie hin! In deine Hände übergebe ich sie, mein Liebstes auf Erden; da ist sie am besten aufgehoben. Deinem unendlich liebevolleren Vaterherzen empfehle ich sie; da ist sie am besten versorgt. – Ach, es ist doch besser, liebe Marie, du stirbst unschuldig auf der Richtstätte unter dem Schwert des Scharfrichters, als dass ich es hätte erleben müssen, dass du in dieser verderbten Welt verführt, deiner Unschuld beraubt und zu Sünde und Laster wärest verleitet worden. Verzeih, dass ich so rede. Du bist wohl noch gut, sehr gut – wert, unter die Engel des Himmels versetzt zu werden; aber die Welt ist bös, sehr bös; alles ist möglich, und selbst Engel fielen. Stirb denn, wenn es Gottes heiliger Wille so sein sollte, getrost, meine Tochter. Noch stirbst du in deiner Unschuld. Das ist der schönste Tod, so blutig er auch sein mag. Du wirst dann als eine reine, unbefleckte Lilie aus einem rauhen Boden in das bessere Land, ins Paradies versetzt!«

Ein Strom von Tränen unterbrach seine Worte. »Doch, noch eines!« sagte er über eine Weile. »Jettchen hat gegen dich gezeugt. Sie beteuerte es eidlich, sie habe den Ring in deiner Hand gesehen. Ihr Zeugnis ist dein Tod, wenn du solltest hingerichtet werden. Aber – nicht wahr, du verzeihst ihr? Du nimmst keinen Hass mit in jene Welt? Ach, auf diesem Stroh hier, in diesem dumpfen Kerker, mit diesen schweren Ketten beladen, bist du doch glücklicher als sie in dem herrschaftlichen Schloss, in Seide und Spitzen, in Überfluss und Ehre. Besser unschuldig sterben, wie du, als schändlich leben, wie sie. Verzeih ihr, Marie, wie dein Erlöser seinen Feinden auch verzieh. Nicht wahr, du verzeihst ihr, du nimmst alles von Gott?« – Marie beteuerte es.

»Und nun«, fuhr der Vater fort, denn er hörte den Gerichtsdiener kommen, »empfehle ich dich Gott und seiner Gnade – und deinem Erlöser, der auch unschuldig gleich einem Übeltäter hingerichtet wurde! Und solltest du mein Angesicht nicht mehr sehen, sollte es jetzt das letztemal sein, dass ich dich erblicke, so werde ich dir bald nachfolgen in den Himmel! Denn diesen Schlag – ich fühle es – überlebe ich nicht lange.«

Der Gerichtsdiener trat jetzt wieder herein und mahnte den Vater, zu gehen. Marie wollte ihn zurückhalten und umschloss ihn fest mit ihren Armen. Der Vater machte sich mit sanfter Gewalt von ihr los. Ohne Bewusstsein sank sie auf ihr Stroh.

Jakob ward wieder zu dem Richter hinaufgeführt. »Vor Gott, dem Allmächtigen, beteuere ich es«, rief er ganz außer sich, als er in das Zimmer trat, und erhob die rechte Hand zum Himmel, »sie ist unschuldig. Mein Kind ist keine Diebin.«

»Ich möchte es bald auch glauben«, sagte der Richter, »allein leider darf ich nicht nach Euren und Eurer Tochter Beteuerungen richten, sondern ich muss so richten, wie die Sache nun einmal liegt und der Buchstabe des Gesetzes es mir vorschreibt.«

7. Das Urteil und dessen Vollziehung

Jedermann im Schloss und in ganz Eichburg war nun begierig, wie Mariens Handel ausgehen werde. Alle Gutgesinnten zitterten für ihr Leben; denn in den damaligen Zeiten wurde der Diebstahl äußerst streng bestraft und mancher Mensch wegen einer Summe Geldes hingerichtet, die nicht den zwanzigsten Teil von dem Wert des Ringes betrug. Der Graf wünschte nichts sehnlicher, als Marie unschuldig zu finden; er durchlas alle Verhörprotokolle selbst, unterredete sich stundenlang mit dem Amtmann, konnte sich aber nicht von ihrer Unschuld überzeugen, indem es ihm schlechterdings unmöglich schien, dass ein anderer Mensch den Ring entwendet habe. Die beiden Gräfinnen, Mutter und Tochter, baten mit Tränen in den Augen, Marie doch nicht hinrichten zu lassen. Der alte Vater im Gefängnis flehte Tag und Nacht ohne Unterlass zu Gott, er wolle doch die Unschuld seiner Tochter an den Tag bringen. Marie glaubte, sooft sie den Gerichtsdiener mit den rasselnden Schlüsseln kommen hörte, man werde ihr das Todesurteil ankünden. Der Scharfrichter reinigte einstweilen die Richtstätte von den wilden Kräutern, mit denen sie überwachsen war.

Jettchen erblickte auf einem Spaziergang ihn bei dieser Arbeit, und ein Stich ging ihr in das Herz. Sie ward sehr bestürzt, saß ganz bleich bei dem Abendessen, rührte nichts an, und jedermann sah, dass es ihr gar nicht wohl zumute sei. Die Nacht darauf schlief sie sehr unruhig, und Mariens blutiges Haupt kam ihr mehr als einmal im Traum vor. Ihr böses Gewissen ließ ihr Tag und Nacht keine Ruhe. Allein das nichtswürdige Mädchen war nun einmal ganz sinnlich und irdisch gesinnt; sie hatte den edlen Mut nicht, durch ein aufrichtiges Geständnis ihren Fehler wieder gutzumachen.

Der Richter fällte endlich das Urteil: Marie, wegen offenbaren und ungeheuer großen Diebstahls und hartnäckigen Leugnens des Todes schuldig, soll aus besonderer Rücksicht ihrer Jugend und sonstigen unbescholtenen Rufes auf immer in das Zuchthaus geschickt; ihr Vater, der entweder in der Tat oder durch schlechte Erziehung sich ihrer Schuld und Verstocktheit teilhaftig gemacht, soll auf immer aus der Grafschaft verwiesen; beider Habschaften aber sollen zu einem, wiewohl unbedeutenden Ersatz an dem großen Schaden und den Gerichtskosten verkauft werden. Der Graf milderte das Urteil dahin, Marie solle mit ihrem Vater über die Grenze gewiesen werden, und er gebot, um alles weitere Aufsehen zu vermeiden, sie sogleich mit Anbruch des folgenden Tages dahin abzuführen.

Als Marie und ihr Vater von dem Gerichtsdiener an dem Schlosstor vorbeigeführt wurden, kam Jettchen heraus. Da der Handel nach der Meinung des leichtsinnigen, gefühllosen Mädchens über alle Erwartung gut ausgegangen war, bekam sie ihre ganze vorige Munterkeit wieder. Dass Marie hingerichtet werden sollte, hätte ihr doch zu arg geschienen; dass sie so fortgeschickt wurde, war gerade, was sie wünschte. Sie hatte immer gefürchtet, Marie möchte sie am Ende noch gar aus ihrer Stelle verdrängen. Diese Furcht war nun verschwunden. Ihr voriger Hass gegen Marie, ihre Schadenfreude, ihr böses Herz gewannen ganz wieder die Oberhand. Die Gräfin Amalia hatte einmal, als sie Mariens Körbchen auf der Kommode stehen sah, zu Jettchen gesagt: »Bring mir dieses Körbchen aus den Augen! Es erweckt zu traurige Erinnerungen in mir, und ich kann es ohne Schmerzen nicht ansehen.« Jettchen hatte es zu sich genommen und brachte es jetzt mit sich heraus. »Da hast du dein Geschenk wieder«, sagte sie zu Marie. »Meine gnädige Herrschaft will nichts aus solchen Händen. Deine Herrlichkeit ist jetzt dahin, wie die Blumen, die du dir so gut bezahlen ließest, und es macht mir ein besonderes Vergnügen, dir hiermit den Korb zu geben.« Sie warf Marie das Körbchen vor die Füße, ging mit höhnischem Lachen wieder in das Schloss zurück und schlug die Tür mit großer Gewalt hinter sich zu.

Marie hob das Körbchen stillschweigend und mit Tränen in den Augen auf und ging weiter. Ihr Vater hatte nicht einmal einen Stab für die Reise, Marie nichts als das Körbchen. Mit nassen Augen sah sie wohl hundertmal nach ihrem väterlichen Haus zurück, bis es, so wie zuletzt auch das Schloss und die Spitze des Kirchturmes, hinter einem waldigen Hügel aus ihren Augen verschwand.

Nachdem der Gerichtsdiener Marie und ihren Vater am Grenzstein der Grafschaft tief im Wald verlassen hatte, setzte sich der alte Mann, müde von Kummer und Schmerz, nieder auf den Stein, der dicht mit Moos bewachsen und von einer hundertjährigen Eiche beschattet war.

»Komm, meine Tochter«, sagte er und schloss Marie in seine Arme, legte ihr die Hände zusammen und hob sie mit den seinigen empor – »vor allem lass uns Gott danken, dass er uns aus dem finstern, engen Kerker wieder herausgeführt hat unter seinen freien Himmel und an die frische Luft; dass er unser Leben gerettet und dich, liebes Kind, mir wieder geschenkt hat.«

Der Vater richtete seine Blicke zum Himmel, der hell und blau durch das grüne Eichenlaub glänzte, und betete mit lauter Stimme: »Lieber Vater im Himmel! Du einziger Trost deiner Kinder auf Erden! Du mächtiger Schutz aller Bedrängten! Nimm unsern vereinten Dank für unser gnädige Errettung aus Ketten und Banden, aus Gefängnis und Tod! Nimm unsern Dank für alle Wohltaten, die uns auf diesem Boden zuteil wurden. Denn wie könnten wir diese Grenzen verlassen, ohne vorher dankbar zu dir aufzublicken! Sieh, bevor wir den fremden Boden betreten, flehen wir noch zu dir! Blick herab auf einen armen Vater und sein armes, weinendes Kind!

Nimm du uns in deinen Schutz! Sei du unser Begleiter auf den rauhen Wegen, die ich und mein armes Kind jetzt vielleicht gehen müssen! Führe uns zu guten Menschen, lenke ihr Herz zum Mitleiden, lass uns auf deiner großen, weiten Erde ein Plätzchen finden, wo wir unsre noch übrigen Pilgertage ruhig verleben und dann getrost sterben können. Ja, dieses Plätzchen hast du, obwohl wir es noch nicht wissen, uns gewiss schon bereitet! Im Vertrauen auf dich und im Glauben an dich wandern wir getrost dahin.«

Da beide so gebetet hatten, denn Marie sprach in ihrem Innersten dem Vater alle Worte nach, goss sich ein wunderbarer Trost und ein hoher, fröhlicher Mut in beider Herzen.

8. Ein Freund in der Not

Jetzt kam Anton, der alte Jäger des Grafen, neben dem Jakob einst gedient und den Grafen auf seinen Reisen begleitet hatte, durch den Wald her. Er war schon vor Tag auf einen Hirsch angestanden.

»Grüß euch Gott, Jakob«, sagte er, »seid Ihr's? Ich meinte, ich höre Eure Stimme, und ich habe mich nicht geirrt. Ach du mein Gott, so haben sie Euch doch noch fortgeschickt! Es ist doch recht hart, noch in seinen alten Tagen seine liebe Heimat verlassen zu müssen!«

»So weit der Himmel blau ist«, sprach Jakob, »ist die Erde Gottes Eigentum, und überall waltet seine Liebe über uns. Unsere Heimat aber ist im Himmel.«

»Lieber Gott!« fing der Jäger wieder mitleidig an. »Man hat Euch ja fortgeschickt wie Ihr geht und steht. Ihr habt ja nicht einmal die nötige Kleidung für eine solche Reise!« – »Der die Blumen kleidet, wird auch uns kleiden!« sprach Jakob.

»Und mit Geld«, fragte der Jäger wieder, »werdet Ihr auch nicht versehen sein?« – »Wir haben ein gutes Gewissen«, antwortete Jakob; »da sind wir reicher, als wenn der Stein, auf dem ich sitze, Gold wäre und uns gehörte.« – »Redet doch«, sagte der Jäger, »Ihr habt gewiss keinen Kreuzer?« – »Dieses leere Körbchen da zu meinen Füßen«, sprach Jakob, »ist unser ganzes Vermögen. Was meint Ihr wohl, was es wert sein könne?« – »Mein Gott«, sprach der Jäger bekümmert, »einen Gulden oder vielleicht einen Taler. Was soll aber das sein!«

»Nun«; fuhr Jakob lächelnd fort, »so sind wir ja reich, wenn anders mir Gott diese zwei gesunden Arme lässt. In einem Jahr mache ich wenigstens hundert solcher Körblein – und mit hundert Talern kommen wir gewiss aus. Mein Vater, der ein Korbmacher war, bestand darauf, ich musste außer der Gärtnerei noch das Korbmachen lernen, um auch im Winter eine nützliche Beschäftigung zu haben. Ich danke es ihm noch im Grab. Er hat mehr an mir getan und besser für mich gesorgt als wenn er mir dreitausend Gulden hinterlassen hätte, die mir jährlich hundert Taler baren Zins trügen. Eine gesunde Seele, ein gesunder Leib und ein ehrliches Handwerk sind der beste und sicherste Reichtum auf Erden.«

»Nun, gottlob«, sagte der Jäger, »dass Ihr es so nehmen könnt. Ich muss Euch recht geben. Auch denke ich, dass Euch die Gartenkunst auch noch zugute kommen könne. – Aber wo wollet ihr denn jetzt hin?« – »Weit fort«, sprach Jakob, »wo uns kein Mensch kennt – wo uns Gott hinführt.« – »Jakob«, sagte der Jäger, »nehmt doch diesen starken, dicken Knotenstock da! Ich habe ihn, da es mir etwas schwer wird, den unwegsamen Berg dort zu ersteigen, zum Glück mit mir genommen. Ihr habt ja nicht einmal einen Reisestab! Und da«, fuhr er fort und zog ein kleines ledernes Beutelchen aus der Tasche, »habt Ihr etwas Geld. Ich nahm es gestern abend in dem Dörflein da drüben, wo ich übernachtete, für Holz ein.«

»Den Stab«, sprach Jakob, »will ich behalten und ihn zum Andenken an einen braven Mann führen. Aber das Geld kann ich nicht nehmen. Da es für Holz ist, gehört es dem Grafen.«

»Alter, ehrlicher Jakob!« sagte der Jäger, »Habt keine Sorge! Das Geld ist dem Grafen schon bezahlt. Ich hatte es vor mehreren Jahren einem armen Mann, der um seine Kuh gekommen war und das gekaufte Holz nicht zahlen konnte, vorgestreckt und nicht mehr daran gedacht. Gestern gab er es mir, da er sich jetzt wieder in bessern Umständen befindet, unvermutet und mit Dank zurück. Das Geld ist euch recht von Gott beschert.«

»Nun, so will ich es denn nehmen«, sprach Jakob, »und Gott wolle es Euch in etwas anderem wieder ersetzen. Sieh, Marie«, sagte er hierauf zu seiner Tochter, »wie gütig der liebe Gott sogleich anfangs unserer Reise für uns sorgt. Da schickt er uns, bevor wir die Grenze verlassen, noch unsern alten guten Freund her, der mir einen Reisestab bringt und uns mit Reisegeld versieht. Bevor ich von diesem Stein hier aufstehe, hat Gott unser Gebet schon erhört. Darum sei fröhlich und unverzagt; Gott wird weiter für uns sorgen.«

Der alte Jäger nahm jetzt mit Tränen in den Augen Abschied. »Lebt wohl, ehrlicher Jakob! Lebe wohl, gute Marie!« sagte er, indem er erst dem Vater und dann der Tochter die Hand reichte. »Ich habe euch immer für ehrliche Leute gehalten und halte euch noch dafür. Es wird wohl auch noch bei euch eintreffen: Ehrlich währt am längsten. Ja, ja! Wer recht tut und auf Gott vertraut, den verlässt er nicht. Nehmt diesen Spruch mit auf den Weg – und Gott geleite euch!«

Der Jäger wandte sich gerührt um und ging Eichburg zu. Jakob aber stand auf, nahm seine Tochter bei der Hand und wanderte mit ihr die Straße durch den Wald hin – fort in die weite Welt.

9. Jakobs und Mariens Wanderschaft

Marie und ihr Vater reisten immer weiter und weiter und hatten bereits einen Weg von mehr als zwanzig Meilen zurückgelegt. Nirgends hatten sie noch ein Unterkommen gefunden; ihr weniges Geld ging zuende. Sie behalfen sich sehr kümmerlich. Es fiel ihnen unbeschreiblich schwer, um Almosen zu bitten. Endlich musste es doch sein. An manchem Fenster wurden sie mit rauhen Worten abgewiesen, an manchem andern wurde ihnen mit Murren bloß ein Stücklein trockenes Brot herausgereicht, und sie hatten nichts dazu als Wasser am nächsten Brunnen. Nur manchmal bekamen sie in einem irdenen Schüsselchen etwas Suppe oder Gemüse; hier und da wohl auch etwas übriggebliebenes Fleisch oder Gebackenes. Allein Marie musste es mehr als einmal mit ansehen, wie man lange wählte, um sicher das kleinste und schlechteste Stücklein herauszufinden. Nachdem sie manchen Tag nichts Warmes bekommen hatten, mussten sie noch froh sein, in einer Scheuer übernachten zu dürfen.

Eines Tages, da die Straße sie beständig zwischen waldigen Hügeln und Bergen hinführte und längere Zeit kein Ort kam, ward es dem alten Mann übel. Bleich und sprachlos sank er unten an einem Tannenhügel auf die abgefallenen Tannennadeln hin. Marie war vor Schrecken und Angst beinahe außer sich. Vergebens suchte sie nach etwas frischem Wasser umher – sie fand nirgends ein Tröpflein. Vergebens rief sie um Hilfe – nur der Widerhall antwortete. Weit und breit war keine menschliche Wohnung zu sehen. Marie stieg eilends und mit bebenden Knien auf den Hügel, damit sie besser um sich schauen könne. Da erblickte sie tief unten an der andern Seite des Hügels ein Bauernhaus, das, von reifenden Kornfeldern und grünenden Wiesen umgeben, einsam im Wald lag. Sie lief, so schnell sie konnte, hinab, und kam fast atemlos bei dem Haus an. Mit nassen Augen und gebrochener Stimme flehte sie um Hilfe. Der Bauer und die Bäuerin, beide schon etwas betagt, waren gute, mitleidige Seelen. Sie wurden von dem Jammer, dem bleichen Angesicht, den Tränen, der Todesangst des armen Mädchens gerührt. Die Bäuerin sagte zu dem Bauern: »Spann doch ein Ross an das Wägelchen; wir wollen den alten, kranken Mann hierher bringen.« Der Bauer ging, ein Pferd anzuschirren und den Wagen vorzuschieben. Die Bäuerin holte ein paar Bettstücke, einen irdenen Krug mit frischem Wasser und eine gläserne Flasche mit Weinessig. Da Marie hörte, dass der Fahrweg um den Hügel herum schlecht und eine starke halbe Stunde weiter sei, eilte sie mit dem Wasser und dem Weinessig auf eben dem Wege, den sie gekommen war, zurück, um desto eher bei ihrem Vater zu sein.

Als sie bei ihm ankam, hatte er sich etwas erholt. Er saß unter einer Tanne und war herzlich froh, Marie, die er mit Schmerzen vermisst hatte, wiederzusehen. Man brachte ihn auf das Fuhrwerk und führte ihn auf den Bauernhof.

Der Bauer hatte ein artiges Hinterstübchen, mit Nebenkammer und Küche, das eben leer stand. Dieses räumte er dem kranken Greis ein. Die Bäuerin bereitete ihm ein gutes Bett. Marie behalf sich, um immer bei ihrem kranken Vater zu sein, gerne auf der Bank. Die Krankheit war bloß Entkräftung, die von der schlechten Kost, dem elenden Nachtlager und den Mühseligkeiten der Reise hergekommen war. Die gute Bäuerin gab alles her, was ihr Haus vermochte, den kranken Mann zu erquicken. Sie sparte weder Mehl noch Eier, weder Milch noch Butter – sogar einige alte Hennen waren ihr nicht zuviel, dem armen, kraftlosen Greis kräftige Suppen zu kochen. Später holte der Bauer fast täglich ein junges Täubchen aus dem Schlag herab. »Da«, sagte er lächelnd zu der Bäuerin, »brat es ihm! Weil du deine Hennen nicht schontest, so muss ich doch auch etwas tun.«

Der Bauer und die Bäuerin waren sonst alljährlich auf eine benachbarte Kirchweih gegangen. Dieses Mal redeten sie es miteinander ab, zu Hause zu bleiben und für das Geld, das sie ausgegeben hätten, dem kranken Mann einige Flaschen guten alten Wein zu kaufen. Marie dankte mit Tränen.

»Oh Gott«, sagte sie, »so gibt es doch überall gute Menschen, und gerade in den rauhesten Gegenden findet man oft die mildesten Herzen.«

Marie saß beständig an dem Bett ihres Vaters. Sie legte aber dabei die Hände nicht in den Schoß. Sie war eine Meisterin im Stricken und Nähen und nähte und strickte unermüdet für die Haushaltung der Bäuerin. Keinen Augenblick war sie müßig. Die Bäuerin war mit ihrem Fleiß und ihrem sittsamen und bescheidenen Betragen ungemein wohl zufrieden. Dem Vater Jakob schlug die bessere Pflege und Nahrung trefflich an; er hatte sich bald so viel erholt, dass er wieder auf sein konnte. All die Tage seines Lebens mochte er nie müßig sein. Er suchte daher seine Kunst, Körbe zu flechten, wieder hervor. Marie musste ihm Weiden und Haselzweige holen. Seine erste Arbeit war, dass er der Bäuerin aus Dankbarkeit einen schönen tüchtigen Armkorb verfertigte. Er hatte ihren Geschmack vollkommen getroffen. Der Korb war hübsch, fest und stark; in dem Deckel des Korbes waren mit hochrot gefärbten Weidensprossen die Anfangsbuchstaben ihres Namens nebst der Jahreszahl eingeflochten, und an der Wölbung des Korbes war aus gelb, braun und grün gefärbten Weiden ein Bauernhaus mit einem Strohdach nebst ein paar Tannen angebracht. Alle im Haus bewunderten die zierliche Arbeit; die Bäuerin aber war über das Geschenk hocherfreut, und die Anspielung auf ihren Hof, den man den Tannenhof nannte, gefiel ihr ganz besonders wohl.

Nachdem Vater Jakob wieder vollkommen hergestellt war, sagte er zu dem Bauern und der Bäuerin: »Nun sind wir Euch lange genug zur Last gefallen; es ist Zeit, dass ich meinen Stab weiter setze.«

Allein der Bauer nahm ihn bei der Hand und sagte: »Was fällt Euch ein, lieber Jakob! Ich hoffe, wir werden Euch doch nichts zuleide getan haben. Warum wollet Ihr denn fort? Ihr seid sonst ein so kluger Mann, aber der Einfall ist einmal nichts!«

Die Bäuerin trocknete sich mit der Schürze die Augen und sprach: »Bleibt doch bei uns! Es ist schon spät im Jahr! Seht, das Laub an den Hecken und Bäumen wird bereits gelb, und der Winter ist vor der Tür! Wollet Ihr denn mit Gewalt wieder aufs neue krank werden?«

Jakob versicherte, dass er nur deshalb gehen wolle, um ihnen nicht beschwerlich zu fallen.

»Ei was, beschwerlich«, sagte der Bauer; »habt da keinen Kummer! In dem kleinen Stüblein seid Ihr uns nicht im Wege, und was Ihr brauchet, verdient Ihr ja!«

»Jawohl«, sprach die Bäuerin, »das verdient Marie allein schon mit Stricken und Nähen. Und wenn Ihr, Jakob, Euch noch weiter mit Korbflechten abgeben wollet, so hat es gar keine Not. Ich hatte Euren schönen Korb neulich, als ich der Tannenmüllerin da drüben ein Kind aus der Taufe hob, mitgenommen. Alle Bäuerinnen, die da waren, möchten gern solche Körbe haben. Ich will euch Bestellungen genug verschaffen. Die Arbeit soll Euch so bald nicht ausgehen.«

Jakob und Marie blieben, und der Bauer und die Bäuerin bezeigten darüber die aufrichtigste Freude.

10. Jakobs und Mariens frohe Tage auf dem Tannenhof

Jakob und Marie richteten sich nun in der kleinen Wohnung ein, um nach ihrem Wunsch eine eigene Haushaltung zu führen. Das Stübchen wurde mit den nötigsten Gerätschaften und die Küche mit irdenem Geschirr versehen. Marie schätzte sich glücklich, wieder am Feuerherd zu stehen und für ihren Vater zu kochen. Sie lebten zusammen sehr vergnügt. Während Jakob Körbe flocht und Marie strickte oder nähte, führten sie vertrauliche Gespräche. Manchen Abend brachten sie auch in der vorderen Stube zu, und der Bauer und die Bäuerin und alle im Hause hörten Jakobs vernünftige Reden und lehrreiche Erzählungen mit tausend Freuden. Der Winter mit seinen Stürmen ging ihnen sehr angenehm vorüber.

Nächst dem Bauernhof lag ein großes Stück Gartenland, das aber nicht zum besten bestellt war. Der Bauer und die Bäuerin hatten wegen der vielen Feldarbeiten nicht recht Zeit, es gehörig zu bauen, und dann verstanden sie sich auch nicht recht darauf. Jakob unternahm es, einen rechten Garten herzustellen. Er hatte noch im Herbst Vorbereitungen dazu gemacht, und kaum war im Frühling der Schnee weg, so arbeitete er mit Marie vom Morgen bis an den späten Abend. Der Garten wurde in Beete geteilt, die Beete wurden mit mancherlei Gemüse bepflanzt und mit Bienenkräutern eingefasst und die Wege mit reinlichem Kies bestreut. Marie hatte nicht geruht, bis der Vater aus dem Städtchen, wo er die Gemüsesamen einkaufte, auch einige Rosenstauden, Lilienzwiebeln, Aurikelstöcklein, Samen von Goldlack, Levkojen und andern schönen Blumen mitgebracht hatte. Sie zog wieder die prächtigsten Blumen, wovon man mehrere in dieser rauhen, abgelegenen Gegend noch nie gesehen hatte. Der Garten grünte und blühte bald so herrlich, dass er dem ganzen düstern Waldtal ein freundlicheres Aussehen gab. Auch der nahe Baumgarten gedieh unter Jakobs Hand besser und trug reichlichere Früchte. Es war Segen in allem, was er tat.

Der alte Gärtner war wieder in seiner heitersten Laune. Er machte wieder seine Bemerkungen über die Blumen und Gewächse. Er brachte aber nicht immer die alten vor; er wusste immer etwas Neues zu sagen. Marie hatte in den ersten Tagen des Frühlings an der Dornhecke, die den ländlichen Garten umgab, lange nach Veilchen gesucht, um ihrem Vater, wie sie es gewohnt war, das erste Sträußchen zu bringen. Endlich fand sie einige der schönsten und wohlriechendsten und brachte sie ihm voll Freude. »Wohl!« sagte der Vater, indem er lächelnd das blaue Sträußchen nahm. »Wer suchet, der findet.« – »Aber höre«, fuhr er fort, »es ist doch immerhin bemerkenswert, dass die holden Veilchen, diese lieblichen Blümchen, so gerne unter den Dornhecken wachsen, und es scheint mir dieses sehr lehrreich für uns. Wer in aller Welt hätte geglaubt, dass wir in diesem dunkeln Waldtal und unter diesem alten, mit Moos bewachsenen Strohdach so viele Freuden finden würden! Allein keine Lage des Lebens ist so dornig, dass nicht unter den Dornen noch einige stille Freuden verborgen sein sollten. Bleibe du nur von Herzen fromm und gut, mein Kind, und es wird dir, so hart es dir vielleicht auch noch gehen mag, doch nie an stiller, inniger Freude fehlen.«

Eine Bürgersfrau aus der Stadt kam eines Tages, um der Bäuerin Flachs abzukaufen, auf den Hof und brachte ihren kleinen Knaben mit. Während nun der Flachs beschaut, untersucht und darüber gehandelt wurde, war der Knabe durch die offene Tür in den Garten geraten und mit beiden Händen über einen vollen Rosenstrauch hergefallen, um ihn zu plündern – und hatte sich an den Dornen jämmerlich zerstochen. Auf sein Geschrei liefen die Mutter und die Bäuerin dem Garten zu; auch Jakob und Marie kamen herbei. Der

Knabe stand heulend und mit blutenden Händen neben dem Rosenstrauch und verwünschte die bösen, betrügerischen Blumen.

»So sind wir großen Kinder manchmal auch!« sagte Jakob. »Jede Freude hat, wie die Rose, ihre Dornen um sich her. Da tappen wir dann gleich mit beiden Händen darein. Der eine richtet sich durch Tanz und Spiel, der andere durch Trunk oder noch etwas Schlimmeres zugrunde. Dann steht er da und weint und jammert und klagt die Freude an. Lasst euch daher die schöne Rose nicht zur Unbedachtsamkeit verleiten. Der Mensch hat ja Vernunft. Er soll daher nicht bloß seiner Begierde folgen, sondern immer überlegt und vorsichtig handeln.«

An einem schönen heitern Sonntagmorgen, nach ein paar Regentagen, kam Marie mit ihrem Vater in den Garten und fand die ersten Lilien ausgeschlagen und im Glanz der aufgehenden Sonne lieblich prangen. Sie rief den Leuten im Hause, die schon lange begierig gewesen, die Lilie blühen zu sehen. Alle bewunderten sie.

»Wie schön hell und weiß, wie rein und fleckenlos sie ist«, sagte die Bäuerin.

»Jawohl«, sprach Jakob mit Rührung; »oh, dass doch das Gemüt aller Menschen so rein und fleckenlos sein möchte! Dies wäre ein erfreulicher Anblick für Gott und für seine Engel. Denn nur ein reines Herz ist mit dem Himmel verwandt.«

»Und wie schön gerade, wie schlank und aufrecht sie dasteht!« sagte der Bauer.

»Wie ein Finger, der zum Himmel zeigt!« sprach Jakob. »Ich habe sie gar gerne in dem Garten. In jedem Gärtchen des Landmanns sollte eine solche Lilie stehen. Wir Leute müssen immer so in der Erde wühlen und vergessen darüber so leicht den Himmel. Die schöne, aufrechtstehende Blume kann uns aber daran mahnen, dass wir bei all unsrer Mühe und Arbeit aufwärts blicken und noch etwas Besseres suchen sollen als was uns die Erde geben kann.«

»Alle Gewächse«, fuhr er mit Eifer und Nachdruck fort, »auch die zartesten Grasspitzen, streben aufwärts, und was zu schwach ist, sich selbst emporzuheben, wie die Bohnen, die Gartenerbsen, der

Hopfen dort in der Hecke, das windet und ranket sich empor. Es wäre doch schlecht, wenn nur der Mensch allein mit seinen Gedanken, Wünschen und Hoffnungen immer am Boden kriechen wollte!«

Eines Tages setzte Jakob junge Pflänzchen auf ein frisch gegrabenes Gartenbeet. Marie jätete auf einem Beetchen daneben das Unkraut aus. »Dieses zweifache Geschäft, liebe Tochter«, sagte der Vater, »sollte das eine Geschäft unseres ganzen Lebens sein. Unser Herz ist auch ein Garten, den uns der liebe Gott zu besorgen gab. Immer müssen wir beschäftigt sein, Gutes hineinzupflanzen und das keimende Böse auszurotten; sonst verwildert es. Wer aber diese zwei Geschäfte recht verrichtet und Gott, von dem Sonnenschein, Tau und Regen, Wachstum und Gedeihen kommt, stets um seinen Segen dazu bittet, der baut sich den schönsten Garten, ja ein Paradies in seinem Innern.«

Jakob und Marie hatten unter Fleiß und Arbeit, lehrreichen Gesprächen und manchen unschuldigen Freuden bereits drei Frühlinge und Sommer auf dem Tannenhof sehr vergnügt zugebracht, und ihrer ehemaligen Leiden beinahe ganz vergessen. Als es aber wieder Herbst ward, die Mittagsonne bereits längere Schatten warf, der letzte Schmuck des Gartens, die roten und blauen Astern, blühten, das Laub der Bäume sich bunt färbte und der Garten sich zur Ruhe des Winters neigte, fühlte Jakob eine merkliche Abnahme seiner Kräfte, und er befand sich manchmal gar nicht wohl. Er verbarg es zwar vor Marie, um ihr keinen Kummer zu machen; allein in seinen Bemerkungen über die Blumen war etwas Wehmütiges, das der liebevollen Tochter manchmal sehr zu Herzen ging.

Marie betrachtete einst eine Rose, die sich verspätet hatte und erst jetzt im Herbst in voller Blüte prangte. Sie wollte sie brechen, allein die Purpurblättchen fielen plötzlich ihr unter der Hand ab und lagen zerstreut auf dem Boden umher. »Das ist der Mensch!« sagte der Vater. »In der Jugend gleichen wir wohl einer frisch aufblühenden Rose; allein wir welken auch dahin wie die Rosen, und unsere Blütezeit ist sehr kurz und schnell vorüber. Bilde dir also, liebes Kind, nichts ein auf die eitle, vergängliche Schönheit des

Leibes; trachte nach Schönheit der Seele, nach Tugend, die nie welkt.«

Jakob nahm einst gegen Abend, auf der Gartenleiter stehend, noch Äpfel vom Baum und reichte sie Marie herab, die sie sorgfältig in einen Korb legte. Da sprach er: »Wie die Herbstluft so schauerlich über die Stoppeln herweht und mit den gelben Blättern und mit meinen grauen Haaren spielt! – Mein Herbst, liebe Marie, ist da, und er deinige wird auch kommen. Mache doch, dass du, wie dieser Baum hier, dann reich an guten Früchten seist, und der Herr seines großen Gartens, der Welt, sich deiner freuen möge.«

Als Marie noch einige Samenkörner für den künftigen Frühling in die Erde legte, sprach der Vater: »So, meine Tochter, wird man auch uns einmal in die Erde hineinlegen und uns mit Erde bedecken. Aber sei getrost! Wie über ein kleines das Körnlein in der Erde sich regt, zu leben anfängt und als eine schöne Blume sich über die Erde erhebt und gleichsam triumphierend über dem Grab steht – so werden auch wir einst schön und herrlich aus unserm Grabe hervorgehen. Denke daran, liebe Marie, wenn sie mich einst begraben werden. Die Blume, die du dann etwa noch auf mein Grab pflanzen wirst, sei dir ein Bild der Auferstehung und Unsterblichkeit.«

Marie blickte ihren Vater an. Zwei große Tränen standen ihm in den Augen. Sie erschrak, und bange Ahnungen erfüllten ihr Herz.

11. Jakobs Krankheit

Zu Anfang des Winters, der sich sehr rauh einstellte und Berg und Tal mit tiefem Schnee bedeckte, ward der gute Jakob sehr krank. Marie bat ihn, den Arzt des nächsten Städtchens rufen zu lassen, und der gutherzige Bauer fuhr im Schlitten dahin, denselben zu holen. Der Arzt verschrieb dem Kranken Arznei, und Marie begleitete ihn zur Tür hinaus. Sie fragte ihn, ob sie hoffen dürfe, dass ihr Vater bald wieder gesund werde. Der Arzt sagte ihr, dass es zwar für jetzt noch keine Gefahr habe; allein, dass die Krankheit in eine

Auszehrung übergehen werde, und dass zumal bei seinem Alter an kein Auskommen mehr zu denken sei. Marie sank fast um und weinte und schluchzte. Doch trocknete sie ihre Tränen und suchte sich, ehe sie wieder zu ihrem Vater hineinging, zu erheitern, um ihn nicht zu betrüben.

Marie verpflegte ihren geliebten Vater mit der kindlichsten Sorgfalt. Sie tat ihm alles, was sie ihm nur an den Augen ansehen konnte. Sie wachte die langen Nächte hindurch bei ihm. Wenn andere sie ablösen wollten, damit sie nicht selbst krank würde, und sie sich auch nach vielem Zureden ein wenig auf die Bank niedergelegt hatte, so konnte sie doch selten ein Auge schließen. Wenn ihr Vater nur hustete, so erschrak sie; wenn er sich nur regte, so schlich sie auf den Zehen hin, um nachzusehen, was er mache. Sie bereitete und reichte ihm die dienlichsten Speisen mit der zärtlichsten Liebe. Sie legte ihm sein Kopfkissen zurecht; sie las ihm vor; sie betete ohne Unterlass für ihn. Unzählige Male stand sie, wenn er ein wenig schlief, mit gerungenen Händen und zum Himmel gerichteten, nassen Augen an seinem Bett und seufzte: »Oh Gott, schenke ihn mir doch noch einmal – nur noch auf einige Jährchen!« Sie hatte sich durch den Fleiß ihrer Hände, indem sie manche halbe Nacht aufgeblieben war und gestrickt oder genäht hatte, einiges Wenige erspart. Sie wendete den letzten Heller daran, ihm alles zu verschaffen, was ihm eine kleine Erquickung gewähren konnte.

Der fromme Greis, der sich zwar wieder etwas erholte, es aber dennoch nur zu gut fühlte, dass diese Krankheit seine letzte sein werde, war sehr ruhig und gefasst. Er sprach mit der größten Heiterkeit von seinem Tod. Aber Marie sagte unter heißen Tränen: »Oh redet doch nicht davon, lieber Vater! Ich darf nicht einmal daran denken. Was würde dann ich anfangen? Ach, Eure arme Marie hätte ja dann gar niemand mehr auf Erden.«

»Weine nicht, liebes Kind«, sprach der Vater und bot ihr freundlich die Hand aus dem Bett. »Du hast ja deinen guten Vater im Himmel. Der bleibt dir, wenn dir dein Vater auf Erden auch wird genommen werden.

Wie du dich nähren und in der Welt fortbringen werdest, das ist meine geringste Sorge. Die Vögel finden ja ihre Nahrung; was solltest du sie nicht finden! Ach, mich ängstiget eine ganz andere Sorge! Sieh, meine einzige Sorge ist die, dass du immer so fromm und gut und unschuldig bleiben mögest, wie du es, gottlob, jetzt noch bist.

Ach, meine liebe Tochter! Du weißt noch gar nicht, wie böse und verderbt die Welt ist und was für schlechte Menschen es gibt. Leider gibt es Menschen, die sich nur einen Spaß daraus machen würden, dich, armes Mädchen, um Unschuld, Ehre, Ruhe des Herzens und um das ganze Glück deines Lebens zu betrügen! Sie werden dich kindisch nennen, wenn du von Gottesfurcht, Gewissen, göttlichen Geboten und von der Ewigkeit redest. Oh fliehe solche Menschen! Wenn sie dich schön nennen und dir schmeicheln, dich wie der Schmetterling die Blume umgaukeln – so höre sie nicht an und achte nicht auf sie. Nimm nie, nie ein Geschenk von ihnen und glaube ihren Versprechungen nicht. Unter der Gestalt eines Engels ist manchmal ein Satan verborgen, und die Schlange schläft gern unter Blumen.

Sieh, Gott hat dir zu deinem Schutz einen treuen Engel mitgegeben – die heilige Schamröte. Wenn dir jemand etwas Böses zumuten will, ja nur ein Wort sagt, das gegen Unschuld und reine Sitten ist – so fühlst du diese Flut auf deinen Wangen. Lass dich diesen Engel der Unschuld warnen! Betrübe ihn nicht, dass er nicht von dir weiche. Solange er dich begleitet und du dich von ihm warnen lässt, bist du sicher vor Verführung. Sobald du aber gegen seine Warnung nur der geringsten unerlaubten Zumutung ein einziges Mal nachgibst, dann bist du in Gefahr, verloren zu sein auf immer!

Oh Marie! In deinem eigenen Herzen wird ein Feind erwachen. Du wirst Augenblicke haben, in denen du Lust zum Bösen fühlst und dich gerne überreden möchtest, es sei nicht so arg oder wohl gar unschuldig und erlaubt. Aber lass dich jetzt warnen! Grabe die Worte deines sterbenden Vaters tief in dein Herz! Tue, rede, denke nichts, worüber du erröten müsstest, wenn es dein Vater wüsste. Meine Augen werden sich nun bald für immer schließen. Ich werde dich nicht mehr bewachen können. Allein denke, dass dein himmlischer Vater dich überall sieht und stets in dein Herz blickt. Du würdest dich ja scheuen, mich, deinen Vater auf Erden, durch ein fehlerhaftes Betragen zu betrüben; scheue und fürchte dich noch unendlich mehr, ihm, deinem lieben Vater im Himmel, zu missfallen.

Sieh mich noch einmal recht an, Marie! Oh wenn du einmal in Versuchung geraten solltest, Böses zu tun, so denke an mein blasses Angesicht, an diese meine Zähren, die über meine bleichen Wangen fließen! Komm, lege deine Hand in meine kalte, abgezehrte Hand, die bald in Staub zerfallen wird. Versprich mir, meine Worte nicht zu vergessen! In der Stunde der Versuchung lass es dir sein, als hielte dich diese mein kalte Hand vom Abgrund zurück!

Gutes Kind! Du betrachtest mein blasses, abgezehrtes Aussehen mit Tränen. Oh sieh da, dass alles auf Erden vergänglich ist. Auch ich war einst von blühendem Aussehen, frisch und rot, wie du es jetzt bist. Auch du wirst einst so blass und abgezehrt daliegen, wie ich jetzt auf meinem Sterbebett daliege, wenn anders Gott dich nicht früher und schneller von der Erde hinwegnimmt! Die Freuden meiner Jugend sind dahin, wie die Blumen des vergangenen Frühlings, deren Stätte man nicht mehr findet; wie der Tau auf den Blumen, der nur einige Augenblicke glänzt und dann verschwindet. Edle Taten hingegen gleichen den Edelsteinen, die einen bleibenden Wert haben – ja die Tugend, ein gutes Gewissen gleicht dem edelsten aller edlen Steine – dem Diamant, den keine menschliche Gewalt zerstören kann. Trachte nach diesem Kleinod! – Was ich Gutes tat, das ist jetzt meine eigene Freude; und wenn ich wo fehlte, so ist dieses jetzt mein einziger Schmerz.

Bleibe fromm, liebes Kind! Denke gern an Gott, wandle wie vor seinen Augen, trage ihn stets im Herzen. In ihm fand ich meine süßesten Freunden und in allen Leiden den besten, den einzigen Trost.

Glaube mir, Marie; ich rede die Wahrheit! Wenn es anders wäre, so würde ich es dir sagen. Ich habe die Welt auch gesehen, so gut als einer – da ich mit dem Grafen auf Reisen war. Wo nur in den größten Städten etwas Herrliches und Prächtiges zu sehen war, da kam ich auch hin. Ich brachte ganze Wochen in Lustbarkeiten zu; denn die glänzenden Feste, die bunten Maskeraden, die rauschende Musik, die fröhlichen Reden und Scherze sah und hörte ich ja so gut als der junge Herr selbst, und von den ausgesuchten Speisen und kostbaren Weinen blieb immer für mich mehr übrig, als ich genießen mochte. Allein diese lärmenden Freuden ließen mein Herz leer. Ich versichere dich hoch und teuer: Ein einziges Stündlein stiller Andacht in unserer Gartenlaube zu Eichburg oder auch hier unter diesem Strohdach, ja selbst auf diesem Sterbelager da, machte mir immer ein innigeres Seelenvergnügen als alle eiteln Freuden. Suche du daher deine Freude auch in Gott, und du wirst sie im reichlichsten Maß finden.

Du weißt wohl, liebes Kind, dass es mir in meinem Leben nicht an Leiden fehlte. Ach, als deine Mutter starb, da glich mein Herz den dürren, ausgetrockneten Gartenbeeten, die vor langer Sonnenglut aufspringen und nach Regen lechzen. So schmachtete ich auch nach Trost; allein in Gott fand ich ihn. Oh Kind! Es werden in deinem Leben Tage kommen, wo auch dein Herz der dürren, trockenen Erde gleicht. Aber sei dann unverzagt! Die Erde dürstet nicht umsonst nach Regen; Gott sendet ihn zu rechter Zeit. Suche deinen Trost bei Gott; dieser Trost wird dein Herz erquicken wie den dürren, lechzenden Erdboden ein milder, erquickender Regen.

Habe, liebes Kind, stets ein felsenfestes Vertrauen auf Gottes heilige Vorsicht. Gott lenkt denen, die ihn lieben, alles zum Besten; er führt durch Leiden zu lauter Freuden.

Weißt du noch, liebe Marie, was für ein großes Leiden es für dich war, als ich auf unserer mühseligen Reise draußen an der Straße krank darniedersank. Sieh, dieser Krankheit bediente sich Gott, um dieses ruhige Plätzchen, auf dem wir bei diesen guten Landleuten nun schon über drei Jahre so vergnügt leben, zu verschaffen. Ohne diese Krankheit wären wir entweder gar nicht vor ihre Tür gekommen, oder ihr Mitleid wäre doch nicht so angeregt worden; sie hätten uns etwa eine Schüssel frische Milch und ein Stückchen Brot vorgesetzt und uns dann wieder weiterziehen lassen. Ohne diese Krankheit hätten wir und diese lieben Leute einander nicht so gut kennengelernt und einander nicht so lieb gewonnen. Alle Freuden, die wir hier genossen, das Gute, das wir vielleicht hier stifteten, die mehreren hundert hier verlebten zufriedenen Tage waren ein Segen, der aus jener Krankheit entsprang. So, liebe Marie, können wir auch in den traurigen Begebenheiten unseres Lebens die Freundlichkeit Gottes sehen. Wie Gott seine Blümchen über Berg und Tal, in Wälder und an Bäche, sogar in Sümpfe und Moräste mit reicher Hand ausstreute, dass wir überall seine Güte und Freundlichkeit schauen mögen – so hat er auch allen Begebenheiten unseres Lebens die Spuren seiner Weisheit, seiner Liebe und Erbarmung deutlich eingeprägt, so dass ein jedes aufmerksame Gemüt sie bemerken und Trost und Freude daran haben kann. Jeder Mensch kann sie in seinem eigenen Leben wahrnehmen, wenn er nur ein wenig aufmerken mag.

Unser größtes Leiden war wohl jenes, dass man dich jenes Diebstahls beschuldigte; da du auf den Tod in Ketten und Banden lagst; da wir in deinem Gefängnis zusammen weinten und jammerten. Auch jenes große Leiden bringt dir gewiss noch einen großen Segen, ja mich dünkt, dieser Segen sei jetzt schon sichtbar! Damals, als die junge Gräfin dich vor allen Mädchen auszeichnete, dich ihrer Gesellschaft würdigte, dir das schöne Kleid schenkte, dich immer um sich haben wollte – da meintest du wohl, du seiest glücklich. Allein, wie leicht hätten Ehre, Vergnügen und Überfluss dich eitel, leichtsinnig, irdisch gesinnt – und Gott vergessen machen können. Gott hat es deshalb recht gut mit uns gemeint, dass er es anders lenkte und jenes Unglück über uns schickte. Im Elend, im Gefängnis und auf unserer Wanderschaft lernten wir ihn besser kennen und kamen ihm näher. In dieser rauhen Gegend hat er dir, fern von den Zerstreuungen und dem Verderbnis der Welt, ein besseres Plätzchen bereitet. Da blühtest du wie die Blume der einsamen Wildnis – sicher von frevelnden Händen.

Er, der gute, treue Gott, wird jenes Leiden dir noch ferner zum Besten lenken. Er wird – ich hoffe zuverlässig, er habe dieses mein Gebet erhört! – auch deine Unschuld noch an den Tag bringen, wenn ich es gleich nicht mehr erlebe; was aber auch zu meiner Beruhigung nicht notwendig ist, da ich es ja ohnehin weiß, dass du unschuldig bist. Ja, Marie, Glück und Freude werden dir noch aus jenen überstandenen Leiden aufblühen, und du wirst noch hier auf Erden frohe Tage erleben – obwohl Erdenglück das geringste ist und die große Absicht, warum Gott Leiden über uns sendet, erst im Himmel erfüllt wird, in dessen Herrlichkeit wir nicht anders als durch viele Leiden und Trübsale eingehen können.

Und so, liebe Marie, wie alle Leiden, die bisher über dich kamen, wird er dir auch noch diese meine letzte Krankheit und meinen Tod zum Segen werden lassen.

Gutes Kind! Da ich das Wörtlein Tod nur nenne, brichst du aufs neue in Tränen aus! Oh, weine nicht! Sieh den Tod nicht für etwas so Fürchterliches an! Er ist ja vielmehr etwas Erfreuliches! Lass mich noch einmal mit dir reden, liebe Tochter, wie damals, als wir noch in unserm Garten zu Eichburg miteinander arbeiteten. Sieh, du weißt, wie es mit einem Frühbeetchen ist! Schwach und unansehnlich stehen da die kleinen Pflänzchen in dem engen, dumpfen Beetchen beisammen. Man sieht es ihnen noch nicht an, mit welchen herrlichen Blumen oder mit welchen köstlichen Früchten sie dereinst geschmückt sein werden. Blieben sie aber in dem kleinen, armseligen Beetchen eingeschlossen, so würden sie weder Blüten noch Früchte tragen. Sie fänden dazu nicht genug Raum. Der Gärtner setzte sie aber auch nicht dahin, damit sie dableiben und aufeinander vermodern sollten – nein, sondern damit sie im offenen Land, an Gottes freier Luft, unter dem schönen blauen Himmel, an dem goldenen Sonnenschein, und getränkt von dem Regen und Tau des Himmels einst herrlicher blühen möchten. Du freutest dich ja allemal, wenn ich die kleinen Pflänzchen aushob, ja, du mahntest mich oft daran, es nicht länger zu verschieben, weil es den armen Pflänzchen in dem dumpfen Behältnis zu eng würde; du warst froh, wenn sie nun im Land waren, und sagtest: ›Wie wohl wird es ihnen jetzt sein! Ich meine, ich sehe es ihnen an.‹ Solche schwache, arme Pflänzchen sind wir Menschen auch; ein solches enges, dumpfes Frühbeetchen ist unsere Erde. Hier auf Erden ist nicht unseres Bleibens! Hier sind wir noch nichts als kümmerliche, elende Gewächse. Aber es soll noch etwas Besseres, etwas Herrlicheres aus uns werden. Deshalb versetzt uns Gott in ein anderes Land, in seinen großen, schönen, herrlichen Gottesgarten – den Himmel.

Weine daher nicht, liebes Kind! Sieh, ich bekomme es ja besser! Oh, wie freue ich mich, dass ich nun bald zu Gott komme! Wie gut wird es sein, wenn wir diesen Leib, der uns soviele Leiden macht, werden abgelegt haben! Liebe Marie, weißt du noch? Wir hatten in unserem blühenden Garten an den schönen Frühlingsmorgen oft unbeschreibliche Freuden! Sieh, auch der Himmel wird mit dem allerschönsten Garten, in dem ein ewiger Frühling herrscht, mit dem Paradies verglichen. In jene schönere Gegenden werde ich jetzt kommen. Oh sei doch fromm und gut, damit wir uns dort wiedersehen! Hier waren wir unter manchen Leiden und Trübsalen beisammen und scheiden unter Tränen voneinander. Dort aber werden wir in Freude und Seligkeit beieinander wohnen, und nichts wird uns mehr trennen! Dort werde ich deine Mutter wiedersehen! Oh, wie freue ich mich darauf! Oh Marie, bleibe doch fromm und gut! Und wenn es dir wohl gehen wird auf Erden, so vergiss über diesen flüchtigen Freuden jene ewige Freude nicht, die uns im Himmel bereitet ist! Dann werden deine Mutter und ich dir einst voll Freuden entgegenkommen und dich in unsere Mitte aufnehmen. Weine also nicht, liebes Kind, und freue dich vielmehr jetzt schon darauf!«

So benützte der fromme Vater die letzten Tage seines Lebens, seine Tochter, die er jetzt allein in der Welt zurücklassen sollte, zu trösten; so ermahnte er sie, um sie vor dem Verderben der Welt zu bewahren. Jedes seiner Worte war ein gutes Samenkörnlein, das in ein gutes Erdreich fiel. »Ich habe dich freilich betrübt, liebes Kind«, sagte er, »und dich viele Zähren vergießen gemacht. Allein das sind wohltätige Tränen. Was so unter Tränen gesät wird, wurzelt leichter und gedeiht besser, gleich den Samenkörnlein, die bei einem milden, sanften Frühlingsregen ausgesät werden.«

12. Jakobs Tod

Marie war, sobald die Krankheit ihres Vaters bedenklich wurde, nach Erlenbrunn gegangen, wohin der Tannenhof in die Pfarrei gehörte, und hatte es dem Herrn Pfarrer gemeldet, dass ihr Vater krank sei. Der Herr Pfarrer, ein edler, würdiger Geistlicher, besuchte ihn sehr oft, führte erbauende Gespräche mit ihm und tröstete auch allemal Marie sehr freundlich. Eines Nachmittags kam er wieder und fand den guten Greis merklich schwächer. Jakob hieß Marie ein wenig hinausgehen, indem er mit dem Herrn Pfarrer allein zu reden habe. Als sie wieder hereingerufen wurde, sagte der Vater: »Liebe Marie! Ich habe nun gebeichtet und meine Gewissensangelegenheiten in Ordnung gebracht, und gedenke, morgen früh das Brot des Lebens aus der Hand unseres lieben Herrn Pfarrers zu empfangen.«

Marie erschrak, und die Tränen drangen ihr in die Augen, weil ihr der Gedanke an eine nahe Todesgefahr in den Sinn kam. Allein sie fasste sich sogleich wieder. »Ihr habt recht, lieber Vater«, sagte sie; »was können wir Besseres tun, als in unseren Leiden und Nöten unsere Zuflucht zu Gott zu nehmen?«

Jakob brachte den übrigen Tag und den Abend im stillen Gebet zu, war immer sehr in sich gesammelt und redete wenig. Die Andacht, mit der er am anderen Morgen in der heiligen Kommunion sich mit seinem göttlichen Erlöser vereinigte, war unbeschreiblich. Glaube und Liebe und Hoffnung des ewigen Lebens hatten sein ehrwürdiges Angesicht gleichsam verklärt; heiße Tränen flossen über seine Wangen. Marie kniete unten an dem Krankenbett, zitterte, betete und zerfloss in Tränen. Der Bauer und die Bäuerin und alle Leute im Haus wohnten der heiligen Handlung mit großer Rührung und gefalteten Händen bei, und allen standen die Zähren in den

Augen. »Jetzt«, sagte Marie nachher, »ist es mir recht leicht um das Herz, und ich bin recht getröstet; die christliche Religion gewährt uns doch in Not und Tod wahrhaftig einen himmlischen Trost!«

Der gute Jakob kam indes seinem Ende immer näher. Der Bauer und die Bäuerin, die ihn als ihren besten Freund ehrten und liebten und die Stunde segneten, da er in ihr Haus gekommen war, taten ihm alles erdenklich Gute. Wohl zehnmal des Tages kam bald der Bauer, bald die Bäuerin in das kleine Stübchen, zu sehen, wie er sich befinde. Marie fragte fast allemal: »Meint ihr denn nicht, dass er noch aufkommen könnte?«

Die Bäuerin antwortete einmal: »Oh mein Kind! Länger treibt er es gewiss nicht mehr, als bis das Laub der Bäume ausschlägt.«

Von nun an sah Marie mit Furcht und Zittern durch das kleine Fenster des Stübchens in den Garten. Der kommende Frühling hatte sie sonst immer mit Freude erfüllt. Allein jetzt sah sie die ersten zarten Blättchen der Stachelbeerhecke und die schwellenden Baumknospen mit Trauer und hörte den freudigen Schlag des Finken mit Schrecken. Die hervorsprossenden Schneeglöcklein und Schlüsselblumen waren ihr ein schmerzlicher Anblick. »Ach Gott«, sagte sie, »alles lebt neu auf, und alle Welt hofft! Soll denn mein lieber Vater nur allein ohne Hoffnung dahinsterben? Doch«, setzte sie mit einem frommen Blick zum Himmel hinzu, »nicht ohne Hoffnung! Ja, er stirbt nach dem Wort Jesu gar nicht. Er legt nur diese Hülle von Staub ab; er selbst aber wird dort oben erst recht anfangen zu leben!«

Der fromme Greis hatte es sehr gerne, dass Marie im öfters vorlas. Sie tat es mit sanfter Stimme und großer Andacht. In den letzten Tagen seiner Krankheit hörte er nichts lieber als die letzten Reden Jesu und das letzte Gebet Jesu. Einmal, in der Nacht, wachte sie allein bei ihm. Der Mond schien so helle durch die Fenster in das Stübchen, dass man den Schimmer des kleinen Nachtlichtes kaum mehr bemerkte. »Marie!« fing der Vater an, »Lies mir doch das schöne Gebet Jesu noch einmal.« Sie zündete eine Wachskerze an und las es.

»Jetzt gibt das Buch mir her«, sagte er, »und leuchte mir ein wenig.« Marie gab ihm das Buch und leuchtete ihm mit der brennenden Kerze. »Sieh«, sagte er, »dies soll mein letztes Gebet für dich sein.« Er zeigte auf die Stelle und betete, indem er die Worte auf sich und seine Tochter anwandte, mit gebrochener Stimme:

»Vater! Ich bin jetzt nicht mehr lange in dieser Welt; allein diese hier bleibt noch eine Zeit in dieser Welt; ich komme – so hoffe ich es – zu dir, Vater! Du Heiligster, bewahre du sie in deinem Namen vor dem Verderben. Solange ich bei ihr in der Welt war, suchte ich sie in deinem Namen zu bewahren. Jetzt aber komme ich zu dir. Ich bitte dich nicht, dass du sie von der Welt hinwegnehmest, sondern nur, dass du sie vor dem Bösen bewahrst. Erhalte sie in deiner heiligen Wahrheit! Dein Wort ist Wahrheit. Vater, gib, dass sie, die du mir geschenkt hast, einst auch dahin komme, wo ich jetzt hinzukommen hoffe. Amen!«

Marie stand weinend am Bett, hielt die Kerze mit zitternder Hand und wiederholte mit Schluchzen: »Amen!«

»Ja«, fuhr der Vater fort, »liebe Tochter! Dort werden wir Jesus in seiner Herrlichkeit sehen, die Gott ihm vor Gründung der Welt gegeben hat; dort werden auch wir einander wiedersehen.«

Er legte sich wieder auf sein Kopfkissen, ein wenig zu ruhen. Das Buch behielt er in der Hand. Es war das Neue Testament. Der arme Mann hatte es für die ersten Kreuzer, die er nach seiner Vertreibung aus Eichburg erübrigte und an seinem Mund ersparte, gekauft.

»Liebe Marie«, fing er über eine Weile an, »ich danke dir auch noch für die Liebe, die du mir in dieser meiner letzten Krankheit erweist. Du hast das vierte Gebot getreulich und mit freudigem Herzen befolgt. Denke an mich, Marie, es wird dir deshalb doch noch wohl gehen, so arm und hilflos ich dich auch in dieser Welt zurücklassen muss. Ich kann dir nichts geben als meinen Segen und dieses Buch hier. Bleibe fromm und gut, liebe Tochter, so wird dieser Segen nicht vergebens sein. Der Segen eines Vaters, der auf Gott vertraut, ist guten Kindern mehr als das reichste Erbteil. Das Buch hier nimm zum Andenken an deinen Vater. Es kostet zwar nur einige Kreuzer; allein wenn du es fleißig lesen und befolgen wirst, so hinterlasse ich dir für die wenigen Kreuzer, die ich darauf verwendete, den größten Schatz! Wenn ich dir mehr Goldstücke hinterließe als der Frühling Blumen und Blätter hervorbringt, so könntest du für alles dieses Geld dir doch nichts Besseres kaufen. Denn es ist Gottes Wort darin enthalten, und dieses hat eine Kraft in sich, alle selig zu machen, die daran glauben. Lies alle Morgen – wozu man bei aller Mühe und Arbeit doch immer Zeit finden kann – einen Spruch, und bewahre und erwäge ihn den Tag über in deinem Herzen. Ist dir eine oder die andere Stelle dunkel, so bitte deinen Seelsorger um Belehrung, wie ich es auch immer machte. Das Wichtigste darin ist für alle Menschen klar. An das halte dich; das befolge; das wird für dich nicht ohne Segen bleiben. Sieh, der einzige Spruch: ›Betrachtet die Lilien des Feldes‹ hat mich mehr Weisheit gelehrt als die mancherlei Bücher, die ich in meiner Jugend las. Der tiefe Sinn dieses Spruches ward mir überdies zur Quelle von tausend unschuldigen Freuden, und unter tausend Bedrängnissen, die mich sonst würden mit bangen Sorgen erfüllt und verzagt und kleinmütig gemacht haben, gewährte er mir einen heiteren und fröhlichen Mut.«

Morgens gegen drei Uhr sagte der Vater: »Marie, mir ist so bange. Öffne doch das Fenster ein wenig.«

Marie öffnete es. Der Mond war nicht mehr am Himmel; aber die Sterne funkelten unbeschreiblich schön.

»Sieh, wie schön der Himmel ist!« sagte der Vater. »Was sind die Blumen der Erde gegen jene unvergänglichen Sterne! Dort werde ich jetzt hinkommen! Oh wie freue ich mich! Lebe fromm, damit du einst auch dahin kommst!«

Mit diesen Worten sank er zurück auf sein Bett und entschlief – sanft und selig! Marie meinte, es sei etwa eine Ohnmacht. Sie hatte noch nie einen Sterbenden gesehen. Niemand hatte noch sein Ende so nahe geglaubt. Indes wurde es Marie bange; sie weckte die Leute im Haus. Alle kamen an das Sterbebett. Als nun Marie hörte, er sei wirklich tot, da umfasste sie die Leiche ihres Vaters mit lautem

Weinen und küsste sein erblasstes Angesicht, und ihre Tränen vermischten sich mit seinem Todesschweiß.

»Oh du guter, guter Vater«, sagte sie, »wie kann ich es dir vergelten, was du an mir getan hast! Ach, ich kann es nicht! Oh Dank sei dir für jedes Wort, für jede gute Ermahnung, die deine nunmehr erblassten Lippen mir gaben. Mit innigem Dank küsse ich deine kalte, starre Hand, die mir soviele Wohltaten erwies, für mich soviel arbeitete, mich in den Jahren meiner Kindheit wohl auch väterlich züchtigte! Jetzt erst sehe ich es ein, wie gut du es auch da meintest und wie heilsam mir das war! Oh, habe Dank! Habe Dank für alles, und verzeih, wenn ich dich durch kindlichen Leichtsinn je betrübte! Oh, Gott, vergilt du ihm seine Liebe! – Ach, könnte ich jetzt meinen Geist auch aushauchen und ihn dir, lieber Vater, nachsenden in den Himmel! Lass, oh Gott, meinen Tod einmal sein wie den Tod dieses Gerechten! Oh wie nichts, wie gar nichts ist dieses Leben auf Erden! Wie gut ist es, dass es einen Himmel gibt, ein ewiges Leben! Das ist jetzt mein einziger Trost.«

Alle Umstehenden weinten; die Bäuerin führte endlich Marie unter vielem Bitten und Zureden, ihr zu folgen, hinweg.

Marie ließ es sich nicht wehren, sie wachte die folgende Nacht hindurch bei der Leiche ihres Vaters, und las und weinte und betete bis an den Morgen. Bevor man den Sarg zuschloss, betrachtete sie die Leiche noch einmal. »Ach«, sagte sie, »das letzte Mal sehe ich also dein ehrwürdiges Angesicht! Wie schön es aussieht – als lächelte es, als glänzten jetzt schon die Strahlen der künftigen Herrlichkeit darauf! Oh lebe wohl – lebe wohl, guter Vater!« schluchzte sie. »Sanft ruhe dein Gebein, nachdem die Engel Gottes – so hoffe ich – deinen Geist bereits zur Ruhe des Himmels gebracht haben.«

Sie hatte einen Rosmarinzweig, einige goldgelbe Schlüsselblümchen und dunkelblaue Veilchen in ein Sträußchen zusammengefügt und es der Leiche des frommen Gärtners, der soviel gesät und gepflanzt hatte, in die Hand gegeben. »Diese Erstlingsblümchen der neu auflebenden Erde seien ein Vorbild deiner künftigen Auferstehung«, sagte sie, »und dieser immergrüne Rosmarin ein Sinnbild meines beständigen frommen Andenkens an dich.«

Als man den Sarg zunagelte, ging ihr jeder Hammerschlag so durch das Herz, dass sie fast ohnmächtig wurde. Die Bäuerin brachte sie in eine Kammer und bat sie, sich ein wenig niederzulegen auf das Bett, damit sie sich wieder erhole.

Bei dem Leichenbegängnis ging Marie in dem schwarzen Kleid, das ihr ein mitleidiges Mädchen aus dem Dorf gelehnt hatte, hinter der Leiche ihres Vaters her. Sie war selbst bleich und blass, wie eine Leiche, und jedermann hatte Mitleid mit der armen, verlassenen Waise, die nun keinen Vater und keine Mutter mehr hatte.

Da Mariens Vater in Erlenbrunn fremd war, so wurde ihm sein Grab in einer Ecke des Gottesackers, zunächst der Kirchhofmauer, gemacht. Zwei große Tannen, die hinter der Mauer hervorragten, beschatteten es. Der Pfarrer hielt dem Verstorbenen eine rührende Leichenrede über die Worte Jesu: ›Es sei denn, dass das Weizenkörnlein in die Erde falle und verwese, so bringt es keine Frucht; wenn es aber verwest, so bringt es viele Frucht.‹ Er sprach auch davon, wie der fromme Greis seine Leiden so gottergeben und geduldig ertragen und allen, die ihn sahen, ein so schönes Beispiel hinterlassen habe; sagte viel Trostreiches für die tiefbetrübte Waise; dankte den gutherzigen Landleuten im Namen des verstorbenen Vaters für alle demselben erwiesene Liebe und ermahnte sie, an der nun ganz verwaisten Tochter Vater- und Mutterstelle zu vertreten.

Marie besuchte das geliebte Grab, sooft sie in den Gottesdienst nach Erlenbrunn kam, und auch, so oft sie konnte, an den Sonntagen auf den Abend und weinte und betete da. »So von Herzen wie hier am Grab meines Vaters«, sagte sie, »kann ich doch nirgends beten. Die ganze Welt ist mir hier nichts mehr. Ich fühle es, dass wir einer besseren Welt angehören, und es regt sich in mir ein Heimweh nach jenem Vaterland!« Sie ging nie anders als mit dem frommen Vorsatz von dem Grab, die Lüste dieser Welt zu verachten und nur Gott und der Tugend zu leben – in der seligen Hoffnung, droben am Thron Gottes wieder mit ihren guten Eltern vereinigt zu werden.

13. Neue Leiden für Marie

Marie war von nun an immer sehr traurig. Es war ihr nicht anders, als hätten alle Blumen ihre frischen Farben verloren, und die Tannenbäume um den Hof her schienen ihr so dunkel und schwarz, als wären sie in Trauer gekleidet. Die Zeit linderte zwar Mariens Schmerz; allein bald kamen neue Leiden für sie.

Auf dem Tannenhof war es seit dem Tod ihres Vaters viel anders geworden als es ehedem gewesen. Der Bauer und die Bäuerin hatten den Hof ihrem einzigen Sohn, einem guten, stillen Menschen, übergeben. Die neue Schwiegertochter war ziemlich schön und sehr reich. Allein außer der Eitelkeit auf ihre Schönheit hatte sie für nichts anderes Gefühl als für das Geld. Stolz und Geiz drückten sich auch nach und nach ihrem Gesicht so merklich ein, dass es bei aller Schönheit ein recht widriges Aussehen bekam. Wenn sie wusste, dass ihren Schwiegereltern etwas angenehm sein würde, so tat sie es durchaus nicht, und den ausgedingten Lebensunterhalt gab sie ihnen nur sehr kärglich und mit Unwillen. Sie machte ihnen tausend Verdruss und zählte ihnen gleichsam jeden Bissen in den Mund. Die guten alten Leute zogen sich in das kleine Hinterstübchen zurück und kamen wenig mehr in die vordere Stube.

Dem jungen Mann ging es um nichts besser. Das rohe Weib gab ihm die gröbsten Reden, und hundertmal des Tages warf sie ihm ihr großes, eingebrachtes Vermögen vor. Wollte er nicht den ganzen Tag in Zank und Streit leben, so musste er dulden und schweigen. Sie wollte nicht einmal zugeben, dass er seine alten Eltern besuche, weil sie fürchtete, er möchte ihnen, wie sie sich ausdrückte, heimlich etwas zustecken. Er wagte es nur mit erschrockenem Herzen, abends nach vollbrachter Arbeit, zu ihnen zu gehen. Sie saßen fast allemal traurig beisammen auf der Bank, und er setzte sich zu ihnen und klagte ihnen seine Not.

»Ja, ja!« sagte der alte Bauer, »so geht's. Du, Mutter, hast dir von dem Glanz des vielen Geldes, und du, mein Sohn, von den roten

Wangen die Augen verblenden lassen, und ich war gegen eure Bitte so nachgiebig. Da sind wir nun alle drei miteinander gestraft. Wir hätten dem guten Rat des alten Jakobs folgen sollen. Dem klugen Mann wollte die Heirat nie gefallen, als noch bei seinem Leben die Rede davon ging. Ich weiß noch alle seine Worte gar wohl, und habe schon tausendmal daran gedacht.«

»Weißt du noch, Mutter? Du sagtest einmal: ›Zehntausend Gulden sind aber doch ein schönes Geld.‹ Allein Jakob sagte: ›Ein schönes Geld wohl nun nicht. Die Blumen im Garten da draußen vor dem Fenster sind tausendmal schöner. Ein schweres Geld habt ihr vielleicht sagen wollen. Das ist es gewiss, und es gehören starke Schultern dazu, es zu tragen, ohne dass es einen in den Boden drücke, und einen krüppelhaften, elenden Menschen, der ganz irdisch gesinnt ist, aus einem mache. Warum trachtet Ihr denn nach so vielem Geld? Es ist Euch ja bisher nichts abgegangen; Ihr hattet immer noch etwas übrig. Glaubt mir, zu vieles Geld macht Übermut. Zu vieler Regen, so wohltätig und notwendig der Regen auch ist, kann das gesündeste Gewächs im Garten zugrunde richten.‹ Das sind die Worte des seligen Jakob genau – und mir ist's, ich höre ihn noch.«

»Du, mein Sohn, sagtest einmal: ›Aber eine recht schöne Person ist sie doch, blühend wie eine Rose!‹ Allein der vernünftige Jakob sagte: ›Eine Blume ist aber nicht bloß schön; sie vereinigt mit dem Schönen auch Gutes. Sie gibt uns die edelsten Geschenke, das reine Wachs und den köstlichen Honig. Eine schöne Gestalt ohne Tugend ist eine papierne Rose, ein elendes, totes Ding, ohne Duft und Leben, ohne Wachs und Honig.‹ Dies sagte der redliche Jakob; wir wollten aber nicht hören. Nun müssen wir fühlen. Was uns damals das größte Glück schien, ist jetzt unser größtes Unglück. Gott gebe uns seine Gnade, es geduldig zu tragen; anders ist jetzt nichts mehr zu machen.« So sprachen die drei miteinander.

Der armen Marie ging es nun auch sehr hart. Weil die alten Leute das kleine Stübchen selbst bezogen, so hatte sie es räumen müssen. Die junge Bäuerin wies ihr, obwohl einige hübsche Kammern leerstanden, aus Bosheit die elendeste im Haus an, fügte ihr alles erdenkliche Herzeleid zu und plagte sie unbeschreiblich. Den ganzen Tag zankte sie in sie hinein, und Marie konnte ihr nie genug arbeiten und nicht das Geringste recht machen. Die arme Waise fühlte es nur zu gut, dass sie in dem Haus sehr unwert und überlästig sei. Die alten Leute konnten ihr wenig Trost geben; sie wussten sich selbst nicht zu raten und zu helfen. Gar oft kam ihr daher der Gedanke, weiter zu gehen. Allein – wo sollte sie hin?

Marie fragte den würdigen Pfarrer zu Erlenbrunn um Rat. Dieser vernünftige Geistliche sagte ihr: »Auf dem Tannenhof ist Ihres Bleibens fernerhin nicht mehr, meine gute Marie! Ihr seliger Vater hat Ihr eine vortreffliche Erziehung gegeben und Sie alles lernen lassen, was für eine bürgerliche Haushaltung nötig ist; allein auf dem Tannenhof fordert man von Ihr die Dienste einer rüstigen Bauernmagd; man beladet Sie mit Arbeiten, die über Ihre Kräfte gehen und Ihr nicht angemessen sind. Indes rate ich Ihr nicht, jetzt sogleich zu gehen, und auf das Ungewisse in die Welt hinaus zu wandern. Der beste Rat dürfte dieser sein, für jetzt noch zu bleiben, soviel zu arbeiten, als Sie kann, zu beten, auf Gott zu vertrauen und zu warten, bis Gott Sie aus ihrer bedrängten Lage befreien wird. Gott, der Sie für einen anderen Kreis erziehen ließ, wird Sie auch in einen anderen Kreis zu versetzen wissen. Ich werde versuchen, Ihr bei einer christlich gesinnten und rechtschaffenen Bürgersfamilie einen Dienst auszumitteln. Bete Sie und vertraue Sie auf Gott; halte Sie aus in der Prüfung – und Gott wird alles wohl machen.« Marie dankte für den guten Rat und versprach, ihn zu befolgen.

Das liebste Plätzchen auf Erden war ihr das Grab ihres Vaters. Sie hatte einen Rosenstrauch auf das Grab gepflanzt. »Ach«, sagte sie, als sie ihn weinend dahin setzte, »wenn ich nur immer hier sein könnte; ich wollte ihn mit meinen Tränen begießen, dass er gewiss bald grünen und blühen sollte!«

Der Rosenstrauch war jetzt mit grünen Blättern geschmückt, und die purpurnen Knospen fingen bereits an, sich zu öffnen. »Wohl hatte mein Vater recht«, sprach Marie, »da er mir sagte: Das menschliche Leben gleicht einem Rosenstock. Bisweilen ist er ganz dürr und kahl, und man sieht nichts daran als Dornen. Aber wenn man nur warten kann, so kommt die Zeit auch wieder, wo er mit frischem Laub bekleidet und voll der schönsten Rosen ist. – Die Zeit der Dornen ist jetzt für mich – aber ich will unverzagt sein; ich will deinem Wort glauben, guter Vater! Dein Sprichwort geht doch vielleicht auch an mir in Erfüllung: Geduld bringt Rosen.«

14. Mariens Verstoßung

Unter den mancherlei Leiden, die Marie zu dulden hatte, kam nun der fünfundzwanzigste Juli, der Namenstag ihres seligen Vaters. Dieser Tag war sonst immer ein Freudentag für sie; allein diesesmal begrüßte sie den anbrechenden Morgen, der hell und golden in ihre Kammer strahlte, mit Tränen. Sie hatte ehemals an diesem Tag ihrem Vater allemal irgendeine Freude gemacht, ihm ein Geschenk überreicht, das sie selbst heimlich verfertigte, ihm eine besondere Speise bereitet, eine Flasche Wein vorgesetzt und den reinlich gedeckten Tisch mit Blumen geziert. Sie hätte ihre Liebe zu ihm auch jetzt noch gerne an den Tag gelegt. Die Landleute der Gegend hatten den Gebrauch, die Gräber geliebter Freunde besonders an solchen Gedächtnistagen mit Blumen zu zieren; sie hatten Marie oft um Blumen gebeten, die sie ihnen allemal sehr gerne gab. Es kam ihr daher der Gedanke, das Grab ihres Vaters auch mit Blumen zu schmücken. Das niedliche Körbchen, das zu ihrem harten Schicksal den ersten Anlass gegeben hatte, stand auf dem Kasten und fiel ihr in die Augen. Sie nahm es, füllte es in dem Garten mit farbigen Blumen und frischen grünen Blättern, ging damit eine Stunde früher, als der Gottesdienst anfing, nach Erlenbrunn und stellte das Körbchen auf das Grab ihres Vaters. Ihre Tränen tröpfelten auf die Blumen und schimmerten wie Tau daran. »Du guter, lieber Vater«, sagte sie, »du hast alle meine Lebenswege mit Blumen bestreut, und ich kann es dir nicht vergelten; ich will wenigstens dein Grab mit Blumen zieren!« Sie ließ das Körbchen auf dem Grab stehen; sie durfte nicht fürchten, dass man die Blumen oder das Körbchen entwende. Die Landleute betrachteten vielmehr das Blumenkörbchen mit wehmütiger Freude, segneten in ihrem Herzen die gute Tochter und wünschten dem frommen Vater die Ruhe des Himmels.

Sogleich am folgenden Tag, da der Bauer und seine Leute von der großen Wiese jenseits des Waldes das Heu hereinbrachten, kam ein Stück feine Leinwand weg, das in dem Grasgarten nächst dem Haus zum Bleichen aufgespannt war. Die junge Bäuerin, die es erst gegen Abend vermisste und die, wie alle geizigen Leute, sehr argwöhnisch war, hatte sogleich Marie im Verdacht. Der gute Jakob hatte aus der Geschichte mit dem Ring eben kein Geheimnis gemacht und sie den alten Leuten vertraut. Der Sohn, der auch darum wusste, erzählt sie, was freilich unbesonnen war, der jungen Bäuerin. Da nun Marie abends, ihren Rechen über der Schulter und einen irdenen Krug in der Hand, mit den Mägden in das Haus trat, kam die junge Bäuerin, grimmig wie ein Drache, aus der Küche heraus, fuhr Marie mit den rauhesten Worten an und forderte die Leinwand von ihr.

Marie sagte bescheiden, dass sie die Leinwand unmöglich haben könne, da sie, wie alle Leute im Haus, den ganzen Tag bei dem Heumachen gewesen sei. Während die Bäuerin kochte, habe gar leicht irgendein fremder Mensch die Leinwand entwenden können. So war es auch wirklich gegangen. Allein die Bäuerin schrie fürchterlich: »Du Diebin! Meinst du, ich wisse nicht, dass du den Ring gestohlen hast und mit genauer Not dem Schwert des Scharfrichters entronnen bist? Auf der Stelle pack dich aus dem Haus. Unter meinem Dach ist kein Platz für ein solches Gesindel.«

Der junge Bauer sagte: »So spät wirst du sie doch nicht mehr fortschicken! Die Sonne ist ja bereits untergegangen. Lass sie doch noch mit uns zu Abend essen und behalte sie, da sie den ganzen Tag in der großen Hitze draußen für uns gearbeitet hat, wenigstens noch über Nacht!«

»Keine Stunde mehr«, schrie das rasende Weib, »und du schweigst gleich, oder ich hole ein brennendes Scheit aus der Küche und stopfe dir damit das Maul.« Der Mann sah, dass er durch Zureden das Übel nur ärger machen würde, und schwieg. Marie aber erwiderte die Lästerungen nicht; sie packte das Wenige, was sie hatte, in ein weißes Tuch, worin es wohl Raum fand, zusammen, nahm das Bündelein unter den Arm, dankte weinend für alles auf dem Tannenhof empfangene Gute, beteuerte noch einmal ihre Unschuld und bat nur noch um die Erlaubnis, von den guten alten Leuten Abschied nehmen zu dürfen. »Den kannst du nehmen«, sagte die junge Bäuerin höhnisch, »und wenn du gleich die beiden Grauköpfe selbst mitnehmen willst, so ist es mir noch lieber. Der Tod hat, wie es scheint, ohnedem noch lange keine Lust, sie zu holen.«

Die beiden guten Leute hatten den Lärm bereits gehört und weinten beide. Sie trösteten indes Marie, so gut sie konnten, und gaben ihr alles Geld, das sie eben hatten und das einige Gulden betrug, mit auf den Weg. »Geh, gutes Kind«, sagten sie, »und Gott sei mit dir. Der Segen deines Vaters ist ein wohl aufbewahrter Schatz für dich, der zu rechter Zeit schon noch zum Vorschein kommen wird. Denke an uns, es geht dir gewiss noch wohl.«

Marie ging in der Abenddämmerung mit ihrem Bündelein unter dem Arm den schmalen Fußsteig am waldigen Hügel hinauf. Sie wollte ihres Vaters Grab noch einmal besuchen. Da sie aus dem Wald heraus kam, läutete man in dem Dorf eben die Abendglocke, und bis sie auf dem Kirchhof ankam, war es bereits Nacht. Allein es war ihr gar nicht schauerlich, bei Nacht so unter den Gräbern zu wandeln. Sie ging zu dem Grabhügel ihres Vaters und weinte bitterlich. Der Vollmond schien gerade zwischen den zwei schwarzen Tannen hindurch und erhellte mit seinem blassen Silberlicht die Rosen des Grabes und das Blumenkörbchen, das noch auf dem Grab stand. Die Abendluft rauschte leise in den Ästen der Tannen und bewegte hier und da ein Blättchen des Rosenstocks auf dem Grab. Sonst war es still, wie es unter den Gräbern zu sein pflegt.

»Du guter Vater«, sagte Marie, »ach, dass du noch lebtest und dass deine arme Marie ihre Not dir klagen könnte! Doch – es ist gut und ich danke Gott, dass du diesen neuen Jammer nicht erlebt hast! Dir ist nun wohl, und dich rührt kein Leid mehr an. Oh, wäre ich bei dir! – Ach, so unglücklich wie jetzt war ich doch in meinem Leben noch nie! Damals, als der Mond durch das eiserne Gitter in mein Gefängnis schien, lebtest doch du noch, liebster Vater, aber jetzt scheint er auf dein Grab! Damals, als ich aus meiner lieben Heimat vertrieben wurde, hatte ich doch dich noch – oh, einen so treuen Beschützer und Freund! Jetzt aber habe ich gar niemand mehr; arm, verlassen, in einem bösen Verdacht, überall fremd, bin ich ganz allein in der Welt und habe nirgends eine Heimat. Sogar von dem einzigen Plätzchen auf Erden, das mir noch übrig ist, werde ich vertrieben. Sogar der letzte Trost, dann und wann an deinem Grab zu weinen, wird mir genommen.« Sie brach aufs neue in einem Strom von Tränen aus.

»Oh lieber Gott«, rief sie hierauf und sank auf ihre Knie, »bester Vater im Himmel, blicke doch von deinem hohen Himmel herab auf eine arme, verlassene Waise, die auf dem Grab ihres Vaters weint – und erbarme dich meiner! Wo die Not am höchsten, ist deine Hilfe ja immer am nächsten. Mein Jammer könnte ja gar nicht größer sein, und mein Herz möchte mir beinahe zerspringen! Oh zeige es mir, dass dein Arm nicht verkürzt ist, verherrliche deine Güte an mir, verlass doch du mich nicht; denn ich habe ja doch niemand mehr als dich. Nimm mich hinauf zu dir, wo meine guten Eltern sind – oder sende mir nur ein Tröpflein Trost in mein verschmachtendes Herz! Du lässt ja die schmachtenden Blümlein, die an der glühenden Sonnenhitze den Tag über welk und matt geworden sind, sich jetzt an dem kühlen Mondlicht wieder erholen, und erquickst sie reichlich mit erfrischendem Tau! Oh erbarme – erbarme dich meiner!« Sie weinte aufs neue heiße Tränen.

»Was soll ich nun heute noch anfangen«, sagte sie über eine Weile, »und wo will ich noch hingehen? Ach, ich getraue mich nicht, so spät noch in irgendeinem Haus um eine Nachtherberge anzusprechen. Wenn ich erzählte, warum man mich fortgeschickt habe, ließe man mich vielleicht nirgends hinein.«

Sie blickte umher. An der Kirchhofmauer, sogleich neben dem Grab ihres Vaters, lag ein alter, bemooster Grabstein. Da seine Inschrift längst vergangen und er sonst im Weg war, hatte man ihn dahingelegt und ihn als eine Bank benützt. »Auf diesen Stein hier will ich mich niedersetzen«, sagte sie, »und bei dem Grab meines Vaters übernachten. Vielleicht bin ich doch das letztemal hier und sehe dieses geliebte Grab in meinem Leben nicht mehr. Morgen, bevor der Tag anbricht, will ich dann in Gottes Namen weiter – wohin seine Hand mich führen wird.«

15. Es kommt Hilfe vom Himmel

Marie setzte sich auf den Stein an der Mauer in den dunklen Schatten der überhängenden Tannenäste und verhüllte ihr Gesicht mit ihrem Taschentuch, das sie schon ganz nass geweint hatte. Ihr Innerstes war tief gerührt, und sie betete so innig, so heiß, dass es keine Lippe wieder erzählen könnte.

»Oh Gott«, schluchzte sie einmal, »hast du denn keinen Engel, der mir den Weg zeige, wohin ich mich wenden soll?«

Da war es auf einmal, als nenne eine liebliche Stimme sie vertraulich bei ihrem Namen: »Marie! Marie!« Sie blickte auf und erschrak. Eine helle Gestalt, schön und schlank wie ein Engel des Himmels – mit Augen, die von himmlischer Freundlichkeit glänzten, mit Wangen, die von dem sanftesten Rot, schöner als Pfirsichblüte, wie angehaucht waren, das Haupt und die Schultern von goldenen Locken umflossen, in einem langen Kleid weiß wie Schnee – stand wie verklärt im vollen Mondlicht klar und deutlich vor ihr. Marie schauderte zusammen, sank zitternd auf die Knie und rief: »Oh Gott, was seh ich – einen Engel des Himmels, der mir zu helfen kommt?«

»Liebe Marie!« sagte die Gestalt freundlich, »ich bin kein Engel des Himmels. Ich bin ein Mensch wie du. Aber ich komme dennoch, dir zu helfen. Gott hat dein frommes Gebet erhört. Sieh mich nur recht an; kennst du mich denn nicht mehr?«

»Gott im Himmel«, rief Marie, »ja, Sie sind es – Gräfin Amalia! Oh wie kommen Sie hierher, gnädige Gräfin – hierher an diesen schauerlichen Ort, zu dieser nächtlichen Stunde, so viele Meilen von Ihrem Wohnort?«

Gräfin Amalia hob Marie sanft von der Erde auf, schloss sie in ihre Arme, küsste sie unter Tränen und sagte: »Liebe, gute Marie! Wir haben dir ein großes Unrecht getan! Die Freude, die du mir einst mit dem niedlichen Körbchen hier machtest, ist dir übel belohnt worden. Deine Unschuld ist aber entdeckt. Oh kannst du uns, kannst du meinen Eltern und mir verzeihen? Sieh, wir wollen alles, soviel wir es noch können, wieder gutmachen. Verzeih uns, liebe Marie!«

Marie sagte weinend: »Reden Sie doch nicht so, gnädige Gräfin. Sie haben unter jenen Umständen noch sehr schonend an uns gehandelt. Oh, es kam mir nie in den Sinn, einen Groll gegen Sie zu hegen. Ich dachte immer mit Liebe an Ihre Güte. Was mich schmerzte, war nur einzig dies, dass Sie – Sie, edle Gräfin, und Ihre teuren Eltern mich für schlecht und undankbar halten mussten. Ich wünschte nichts sehnlicher, als dass Sie meine Unschuld noch einmal erkennen möchten, und diesen Wunsch hat nun Gott erfüllt. Ihm sei Dank!«

Die Gräfin hielt Marie noch lange umarmt und benetzte ihr Angesicht mit Tränen. Dann blickte sie auf das Grab zu ihren Füßen, faltete die Hände und rief mit inniger Wehmut: »Oh du lieber, guter Mann, dessen Hülle hier in der Erde verwest, den ich von meiner zartesten Kindheit an liebte, der noch den Wiegenkorb machte, in dem ich als ein Kind lag, dessen letztes Geschenk zu meinem Geburtstag das Körbchen war, das hier auf dem Grab steht – oh, dass du noch lebtest, dass ich dein Angesicht noch einmal sehen und die Beleidigung, die wir dir antaten, dir abbitten könnte! Ach Gott, wenn wir mit mehr Überlegung gehandelt und mehr Zutrauen in deine so lange geprüfte Treue gesetzt hätten, du redlicher, alter

Diener, so moderte deine Hülle nicht hier, so wärst du wohl gar noch am Leben und wandeltest noch unter uns! Oh verzeih uns; sieh, ich gelobe es in dem Namen meiner Eltern hier an deinem Grab: Was wir dir nicht mehr ersetzen können, das wollen wir doppelt deiner Tochter vergüten! Oh verzeih uns – verzeih uns!«

»Ach, gnädige Gräfin!« sagte Marie, »Mein Vater hatte nie die geringste Bitterkeit gegen seine gnädige Herrschaft. Er schloss Sie alle Morgen und alle Abende in sein Gebet ein, wie er es schon zu Eichburg gewohnt war. Er segnete Sie noch im Tode. ›Marie‹, sagte er kurz vor seinem Ende, ›ich glaube fest, unsere gnädige Herrschaft werde deine Unschuld noch einmal erkennen und dich aus deiner Verbannung wieder zurückrufen. Versichere alsdann den edlen Grafen und die gütige Gräfin und den Engel Amalia, die ich, als sie noch ein Kind war, oft auf meinen Armen trug, dass mein Herz voll Verehrung, Liebe und Dankbarkeit gegen sie war, bis es brach.‹ Gewiss, gnädige Gräfin, das sind seine Worte.«

Die gute Gräfin weinte noch mehr. Endlich sagte sie: »Komm, Marie, setze dich hier neben mich auf diesen Stein. Ich kann mich noch nicht von diesem Grab trennen. Es ist so traulich hier, wie in Gottes Heiligtum, und der Segen deines Vaters schwebt hier über uns!«

16. Wie Gräfin Amalia hierher gekommen

»Gott ist recht augenscheinlich mit dir, liebe Marie!« sagte die Gräfin Amalia, nachdem sie sich mit Marie auf den Stein gesetzt und sie mit dem Arm umschlungen hatte. »Er hat mich wunderbar hierher geführt, um dir zu helfen. Wie das zuging, muss ich dir vor allem anderen erzählen. Es fügte sich sehr natürlich und einfach und doch sehr wunderbar und göttlich schön!

Von der Zeit an, da deine Unschuld entdeckt war, hatte ich keine Ruhe mehr. Du und dein Vater lagen mir immer im Sinn. Glaube mir, liebe Marie, ich habe manche Träne um euch geweint. Meine

Eltern ließen überall nach euch forschen; wir konnten aber nie etwas von euch erfragen. Vor drei Tagen kam ich nun mit meinem Vater und meiner Mutter auf dem fürstlichen Jagdschloss an, das dort am Wald, nicht weit vom Dorf, liegt, und wohl schon seit zwanzig Jahren nicht mehr besucht und nur von einem Förster bewohnt wird. Mein Vater, der, wie du weißt, Oberforstmeister ist, hat da eben eine Streitigkeit, die Grenzen der fürstlichen Waldungen betreffend, zu berichtigen. Er brachte heute mit den zwei fremden Herren, die in der nämlichen Angelegenheit hierherkamen, den ganzen Tag im Wald zu. Meine Mutter musste abends mit den Frauen und einer Fräulein Tochter dieser Herren ein Spiel machen. Ich war froh, dass man mich dabei nicht nötig hatte, denn ich liebe diese Art von Vergnügen nicht. Der Abend war nach dem heißen Tag so schön, so kühl und angenehm; die Sonne ging so lieblich unter, die Berge umher, voll rauher Tannenwaldungen und hier und da mit malerischen Felsen abwechselnd, gewährten mir einen so neuen Anblick und gefielen mir so sehr, dass ich mir die Erlaubnis ausbat, die Gegend noch ein wenig in Augenschein zu nehmen. Die Tochter des Försters begleitete mich.

Wir gingen durch das Dorf; die Tür des Kirchhofes stand offen. Die Grabsteine waren vom Gold der sinkenden Sonne beleuchtet. Für mein Leben gern las ich von Kindheit an die Inschriften und Reime auf den Gräbern. Ich konnte sehr gerührt werden, wenn ich da las, wie ein Jüngling oder eine Jungfrau in der schönsten Blüte des Lebens gestorben war, und ich empfand eine Art wehmütiger Freude, wenn ich fand, wie da ein Mann oder eine Frau ein recht hohes Alter erreicht hatte. Auch die Reime, obwohl sie mir manchmal mehr gut gemeint als gut gemacht schienen, erregten dennoch manche edle Empfindung in mir, und ich nahm immer einige gute Gedanken und Entschlüsse mit auf den Weg.

Wir gingen also hinein. Nachdem ich die meisten Grabschriften durchgangen hatte, sagte mir die Försterstochter: »Nun will ich Ihnen noch etwas recht Schönes zeigen – das Grab eines armen Mannes, das zwar kein Denkmal und keine Grabschrift hat, das aber die kindliche Liebe seiner Tochter sehr lieblich und freundlich zu zieren weiß. Sehen Sie dort in dem dunklen Schatten der Tannen den blühenden Rosenstock und das niedliche Körbchen voll Blumen auf dem Grab!« Ich ging hin – und blieb wie versteinert stehen. Sogleich im ersten Augenblick erkannte ich das Körbchen, dessen ich mich wohl viele hundert Male seit deiner Verstoßung aus Eichburg erinnert habe. Ich betrachtete es näher; es war es genau, und wenn ich noch hätte zweifeln können, so hätten mir doch die Anfangsbuchstaben meines Namens und mein Wappen keinen Zweifel mehr übriggelassen.

Ich erkundigte mich nach deiner und deines Vaters Geschichte. Die Förstertochter erzählte mir von eurem Aufenthalt auf dem Tannenhof, von deines Vaters letzter Krankheit, von deiner Trauer über seinen Tod. Ich eilte zu dem Herrn Pfarrer, an dem ich einen sehr ehrwürdigen Geistlichen kennenlernte. Er bestätigte alles und erzählte mir viel, viel Gutes von euch. Ich wollte sogleich auf den Tannenhof gehen. Allein während der Erzählung des edlen Pfarrers war die Zeit so schnell verflossen, dass es bereits Nacht war. »Was ist zu machen?« sagte ich. »Heute ist es freilich zu spät, mich auf den Hof zu begeben, und morgen mit Anbruch des Tages reisen wir ab.« Der Pfarrer ließ seinen Schullehrer kommen und gab ihm den Auftrag, unverzüglich auf den Tannenhof zu gehen und dich in den Pfarrhof zu bringen.

»Das arme fremde Mädchen, die Marie?« sagte der Schullehrer. »Da darf ich nicht so weit gehen, sie zu holen. Die ist eben wieder bei dem Grab ihres Vaters und weint und jammert dort. Ach, das arme Kind! Wenn es nur nicht gar noch aus Traurigkeit in eine Gemütskrankheit verfällt. Ich sah sie durch die Öffnung des Turmes, als ich nach dem Läuten der Abendglocke noch etwas an der Turmuhr machte, um das alte Werk doch wenigstens solange die gnädigen Herrschaften da sind, im Gang zu erhalten.«

Der Pfarrer wollte mich zum Grab deines Vaters begleiten. Allein ich bat ihn, mich ganz allein zu dir zu lassen, damit ich dich ohne Zeugen und ganz nach meinem Herzen bewillkommnen könne; indes ersuchte ich ihn dringend, zu meinen Eltern zu gehen, ihnen zu sagen, wo ich wäre, und sie auf deine Ankunft vorzubereiten. Daher, liebe Marie, kam also meine plötzliche Erscheinung. So hat das Blumenkörbchen unter Gottes Leitung uns hier an dem Grab deines verklärten Vaters wieder zusammengeführt.«

»Ja«, sagte Marie, indem sie die Hände faltete und dankbar zum Himmel aufblickte, »das hat Gott so gefügt. Er hat sich meiner Tränen, meiner äußersten Verlassenheit erbarmt. Oh wie gütig, wie liebreich ist er gegen mich! Man sagt freilich, Gott sende keine Engel mehr, leidenden Menschen zu helfen. Allein ich weiß es nun aus Erfahrung: Er sendet noch Engel – edle Seelen voll Menschlichkeit und Gefühl, die sich der Leidenden tätig annehmen, wie Gräfin Amalia. Ja, Gott lenkt ihre Tritte und führt sie an Ort und Stelle, wo ihre Gegenwart entzückt und tröstet, wie die Erscheinung eines Engels.«

Amalia unterbrach Marie und sprach: »Noch eins muss ich dir sagen, liebe Freundin, was mich in dieser Geschichte noch ganz eigens rührt und einen ehrerbietigen Schauder über Gottes heilige Gerechtigkeit, die oft unbemerkt unsere Schicksale lenkt, in mir erregt. Sieh! Jettchen, die größte Feindin, die du auf Erden hast, sann und dachte auf nichts anderes, als dich aus meinem Herzen zu verdrängen, um sich in ihrer Stelle recht fest zu setzen. Deshalb ersann sie die boshafte Lüge – und ihr böser Anschlag schien ihr auch wirklich schon ganz gelungen. Allein in der Folge ward, wie du noch hören sollst, eben diese Lüge die Ursache, dass sie unser aller Zutrauen und ihre Stelle auf immer verlor, und dass du unseren Herzen unendlich teurer wurdest. Sie suchte dich auf immer von mir zu trennen; sie triumphierte schon über deine lebenslängliche Verbannung; sie warf dir, im höchsten Ausbruch ihrer Bosheit und Schadenfreude, das Körbchen hier mit Hohnlachen vor die Füße; allein gerade diese boshafte Handlung ward in der Folge – was ihr damals wohl nicht einfiel – die Ursache, uns für immer miteinander zu vereinigen. Denn dieses Körbchen hier war es ja, was mir deinen verborgenen Aufenthalt entdeckte. Es bleibt doch wahr, dass uns, wenn wir anders Gott lieben, kein Feind schaden kann, dass Gott alles Böse, das böse Menschen uns nur immer antun können, am Ende zu unserem Besten lenkt, und dass so unsere ärgsten Feinde bei allem, was sie nur immer zu unserem Verderben ersinnen und ausüben können, im Grunde nur immer an unserem Glück arbeiten. ›Das Heil kommt aus den Feinden!‹ gilt auch hier.

Aber nun musst du mir auch erzählen«, sprach die Gräfin weiter, »wie du, gutes Kind, noch so spät hierher zum Grab kamst, und warum du eben jetzt wieder gar so trostlos weintest?«

Marie erzählte, wie schimpflich sie auf dem Tannenhof weggeschickt wurde – und die gute Gräfin erstaunte aufs neue. »Ja, in der Tat«, sagte sie, »das hat Gott so gefügt, dass ich gerade in dem Augenblick, da du am allertraurigsten warst und so schmerzlich und mit so heißen Tränen zu ihm um Hilfe flehtest, hierher kommen musste. Zugleich siehst du hier eine neue auffallende Bestätigung meiner Worte, dass Gott das Böse, das uns feindselige Menschen zufügen, zu unserem Besten lenke. Die böse Bäuerin verstieß dich aus ihrem Haus und dachte, dich unglücklich zu machen. Allein wider Wissen und Willen führte sie dich mir und meine guten Eltern in die Arme, die beide wetteifern werden, dich glücklich zu machen.«

»Allein jetzt«, sagte Amalia, »ist es Zeit, dass wir gehen. Meine Eltern erwarten mich. Komm also, liebe Marie; ich lasse dich nicht mehr von meiner Seite, und morgen reist du mit uns.« Marie, die mit Schmerzen daran dachte, dass sie wohl niemals mehr in ihrem Leben hierher kommen werde, nahm weinend von dem geliebten Grab Abschied und konnte sich kaum davon trennen. Die Gräfin nahm sie zuletzt sanft beim Arm und sagte: »Komm, komm, liebe Marie, und nimm das Blumenkörbchen mit dir, so hast du doch wenigstens ein beständiges Andenken an deinen seligen Vater. Anstatt des Körbchens, womit deine kindliche Liebe sein Grab zierte, wollen wir ihm schon ein dauerhafteres Denkmal setzen lassen; du wirst gewiss Freude daran haben. Komm, du bist doch wohl neugierig, die Geschichte des Ringes zu vernehmen; auf dem Weg will ich sie dir erzählen.«

Sie gingen endlich Arm in Arm bei dem sanften Glanz des Mondes dem alten Schloss zu.

17. Der wiedergefundene Ring

Der Weg zum Schloss führte durch eine lange, düstere Allee von hohen, uralten Lindenbäumen. Nachdem Amalia und Marie voll stiller Rührung eine kleine Strecke gegangen waren, fing die junge Gräfin an: »Nun muss ich dir doch die Geschichte erzählen, wie der Ring wieder zum Vorschein kam.

Wir reisten dieses Jahr früher als sonst, und zwar sogleich in den ersten angenehmen Tagen des Märzes, aus der Residenz nach Eichburg, weil die Geschäfte meines Vaters es so notwendig machten. Kaum waren wir angekommen, so wurde das Wetter wieder schlecht, und besonders eine Nacht hindurch stürmte und regnete es ganz entsetzlich.

Du kennst den ungeheuer großen Birnbaum in unserem Schlossgarten zu Eichburg. Er war schon sehr alt und trug wenig Früchte mehr. Der Sturmwind hatte ihn in jener Nacht so gebeugt, dass er umzustürzen drohte. Mein Vater befahl daher, ihn umzuhauen. Die ganze Dienerschaft musste Hand anlegen, ihn so vorsichtig zu fällen, dass er den übrigen Bäumen keinen Schaden tue. Mein Vater, meine Mutter, wir Kinder und überhaupt alle im Schloss waren in den Garten hinabgegangen und sahen zu.

Als der Baum mit großem Gekrach niedergestürzt war, da sprangen meine zwei kleinen Brüder sogleich auf ein Dohlennest zu, das sich auf dem Baum befand und schon lange der Gegenstand ihrer jugendlichen Neugierde war. Sie untersuchten es mit großer Aufmerksamkeit. ›Potz tausend‹, sagte August, ›sieh nur, Bruder, was da zwischen den eng ineinander geflochtenen Reisern so herrlich glänzt!‹ – ›Das funkelt ja wie lauter Gold und Edelsteine!‹ sagte Albert. Jettchen sah neugierig hin – und tat einen Schrei. ›Oh Jesu, der Ring!‹ rief sie und wurde totenblass. Die Knaben lösten den

Ring aus den Zweigen heraus und brachten ihn mit Jubelgeschrei meiner Mutter.

›Ja, er ist es!‹ sagte sie. ›Oh du guter, ehrlicher Jakob, oh du arme Marie, wie Unrecht haben wir euch getan! Es ist mir zwar sehr lieb, dass der Ring gefunden ist; noch lieber wird es mir aber sein, wenn wir Jakob und Marie wieder auffinden. Mit Freuden werde ich den Ring hergeben, das Unrecht, das wir ihnen zufügten, zu vergüten.‹

›Aber wie in aller Welt‹, fragte ich, ›kommt doch der Ring da hinauf in das Vogelnest auf den höchsten Gipfel des Baumes?‹

›Das will ich Ihnen sogleich sagen‹, sprach der alte Jäger Anton, dem die Freudentränen in den Augen standen, eure Unschuld entdeckt zu sehen. ›Dass weder der alte Gärtner Jakob noch seine Tochter Marie den Ring dahin verbergen konnten, ist klar. Der Baum war zu hoch, als dass sie den Gipfel hätten ersteigen können. Auch hätte man ihnen nicht Zeit dazu gelassen. Denn Marie war kaum aus dem Schloss heimgekommen, so wurde sie nebst ihrem Vater gefangengesetzt. Allein die schwarzen Vögel, die auf dem Baum nisteten, die Dohlen, lieben alles, was glänzt, und wo sie etwas dergleichen erwischen können, tragen sie es flugs in ihr Nest. Ein solcher Vogel hat den Ring entwendet und dahin getragen. Das ist nun ganz ausgemacht. Mich wundert's nur, dass ich, als ein alter Jäger, nicht früher auf den Gedanken gekommen bin, die Vögel könnten den Ring gestohlen haben. Allein es war nun schon einmal Gottes Wille so, dass ein so großes Leiden über meinen alten Freund Jakob und seine Tochter Marie kommen sollte.‹

Meine Mutter sprach: ›Ihr habt vollkommen recht, Anton, und jetzt ist mir auf einmal die ganze Geschichte klar. Ich erinnere mich sehr deutlich, dass die Vögel von dem hohen Birnbaum manchmal an das Fenster herflogen, dass die Fenster damals, als der Ring wegkam, eben offen standen, dass jenes Tischchen, auf dem der Ring lag, sich zunächst an dem Fenster befand, und dass ich, nachdem ich die Tür meines Wohnzimmers geriegelt hatte, eine geraume Zeit in meinem Nebenzimmer zubrachte. Unstreitig hat also einer dieser diebischen Vögel den Ring von dem Baum aus mit seinen scharfen Augen erblickt und, während ich im Nebenzimmer verweilte, ihn unbemerkt im Schnabel davongetragen.‹

Mein Vater war sehr betroffen und bestürzt, als er so unerwartet zur vollkommenen Gewissheit gelangte, dass du und dein Vater unschuldig verurteilt worden. ›Es schmerzt mich in der Seele‹, sprach er, ›dass wir den guten Leuten ein so großes Unrecht getan haben, und mein einziger Trost ist, dass es nicht aus bösem Willen, sondern aus Unwissenheit und Irrtum geschehen. Ich werde aber mein Haupt nicht sanft niederlegen, bis wir die ehrlichen Leute aufgefunden, ihnen ihre geraubte Ehre wiedergegeben und das ihnen zugefügte Unrecht wieder vergütet haben.‹

Hierauf ging er auf Jettchen zu, die unter den vielen fröhlichen Gesichtern, die man um uns her erblickte, blass und zitternd wie eine arme Sünderin dastand. ›Du falsche, betrügerische Schlange‹, rief er, ›wie konntest du dich unterstehen, deine Herrschaft und das Gericht so zu belügen und sie zu einer so himmelschreienden Ungerechtigkeit zu verleiten? Wie konntest du es über das Herz bringen, einen alten, ehrlichen Mann und sein armes, unschuldiges Kind in ein so großes Unglück zu stürzen?‹

›Auf, und ergreift sie!‹ rief er den zwei Gerichtsdienern zu, die bei Fällung des Baumes mitgeholfen und sich gleich zweien Habichten bereits Jettchen genähert und die Augen auf meinen Vater gerichtet hatten, seine Befehle zu vernehmen. Er sprach mit großem Ernst weiter: ›Die nämlichen Ketten legt ihr an, mit denen Marie gefesselt war; in ebendenselben Kerker werft sie, in dem Marie geschmachtet hat. Sie soll die volle Zahl der Streiche bekommen, die Marie unschuldig dulden musste; alles, was sie an Geld und Kleidern zusammengespart hat, soll ihr genommen werden, um vielleicht noch einmal die widerrechtlich Beraubten damit zu entschädigen; wie sie geht und steht, soll sie endlich von dem Gerichtsdiener hier, der Marie fortführte, über die Grenzen gewiesen werden.‹

Alle Leute, die da waren, erschraken über diese Worte und standen blass und stillschweigend umher. So aufgebracht hatten sie meinen Vater noch nie gesehen und ihn noch niemals mit solchem

Eifer sprechen hören. Es herrschte lange Zeit eine große Stille; endlich ließen sie ihre Gedanken und Empfindungen laut werden.

›Es geschieht dir recht!‹ sagte der eine Gerichtsdiener, indem er Jettchen beim Arm fasste. ›Wer andern eine Grube gräbt, der fällt am Ende selbst hinein!‹

›Das hat man von Lug und Trug!‹ sprach der andere, indem er sie beim anderen Arm nahm. ›Oh, es bleibt doch wahr: Es ist kein Fädlein so fein gesponnen, es kommt einst an die Sonnen.‹

Die Köchin sagte: ›Der Zorn über Marie wegen des schönen Kleides hat das leichtfertige Jettchen zuerst zu der Lüge verleitet, und dann konnte sie, ohne sich selbst als eine ehrlose Lügnerin anzugeben, nicht mehr zurück. Darum ist es ein wahres Sprichwort: Wer sich von dem Teufel bei einem Härlein fassen lässt, dessen bemächtigt er sich leicht auf ewig.‹

›Nun, nun‹, sagte der Kutscher, der den Baum umgehauen und die Axt noch auf der Schulter hatte, ›wir wollen hoffen, sie werde sich wenigstens jetzt noch bessern; sonst geht's ihr in der anderen Welt freilich noch schlimmer. Der Baum, der keine gute Frucht bringt‹, setzte er noch hinzu und schwang die Axt, ›wird umgehauen und in das Feuer geworfen.‹

Die Nachricht, der Ring habe sich wieder gefunden, hatte sich sogleich durch ganz Eichburg verbreitet, und es lief von allen Seiten eine Menge Leute zusammen, so dass bald eine dicht gedrängte Schar von Menschen um uns her stand. Jetzt kam auch unser Herr Amtmann in den Schlossgarten. Der Aktuar, der bei Entdeckung des Ringes zugegen gewesen, hatte ihm den Vorfall sogleich angezeigt. Du glaubst gar nicht, liebe Marie, wie die Geschichte den guten Amtmann angriff. Denn so hart er auch mit dir verfahren ist, so ist er doch gewiss ein sehr rechtlicher Mann, der sein Leben lang mit unverbrüchlicher Treue auf Recht und Gerechtigkeit hielt. ›Mein halbes, ja wohl mein ganzes Vermögen wollte ich darum geben‹, sagte er mit einer Stimme, die uns allen durch das Herz drang, ›dass mir der Fall nicht beggegnet wäre. Denn die Unschuld fälschlich zu verurteilen, ist etwas Schreckliches.‹

Er blickte hierauf im Kreis des versammelten Volkes umher und sprach mit erhobener, feierlicher Stimme: ›Gott allein ist der Richter, der niemals irrt und den niemand betrügen kann. Er, der Allwissende, wusste es allein, wie der Ring hinweggekommen, und ihm allein war der Ort bekannt, wo derselbe bisher verborgen war. Menschliche Richter irren leicht aus Kurzsichtigkeit, und hier auf Erden muss leider die Unschuld nicht selten unterliegen, und das Laster trägt den Sieg davon. Allein dieses Mal hat Gott, der Richter im Verborgenen, der einst alles Gute belohnen und alles Böse bestrafen wird, schon hier auf Erden die verkannte Unschuld und die geheime Bosheit offenbar werden lassen. Und seht und erkennt nun, wie wunderbar sich da alles nach seinem heiligen Willen zu diesem Ziel und Ende fügen musste. Da musste der furchtbare Sturmwind, der gestern nachts das ganze Schloss erschütterte und uns alle zittern machte, den alten Baum beugen, dass er den Umsturz drohe; da musste ein mächtiger Platzregen das Vogelnest hier reinwaschen, damit der Ring sogleich hell und schimmernd in die Augen falle; da musste die gnädige Herrschaft eben auf dem Schloss anwesend und durch Gottes Leitung bei dem Umhauen des Baumes selbst gegenwärtig sein; da mussten die fröhlichen, unschuldigen Knaben, die jungen Grafen, denen es nicht einfallen konnte, den Fund zu verheimlichen, den Ring zuerst entdecken; da musste selbst Jettchen, die falsche Anklägerin, die erste sein, die Mariens Unschuld mit einem durchdringenden Schrei gleichsam laut ausrief. Solche wunderbare Geschichten haben sich schon öfters zugetragen. Gott – der zwar erst in jener Welt alle alten Prozesse noch einmal neu wieder aufnehmen und einem jeden sein Recht nach der Wahrheit sprechen wird, sei's nun zum Leben oder zum Tod – Gott lässt zuzeiten doch schon auf dieser Welt so etwas geschehen, damit die Menschen aufblicken zu ihm, dem großen Richter da oben, den niemand täuschen kann, und damit sie bei den mancherlei Ungerechtigkeiten, die hier auf Erden vorgehen, den Glauben nicht verlieren an eine ewige, allwaltende, allvergeltende Gerechtigkeit!‹

So sprach der Amtmann mit großem Nachdruck, und die Leute hörten ihm sehr aufmerksam zu, gaben ihm recht und gingen nachdenkend auseinander. – Und dies, liebe Marie, ist die Geschichte, wie der Ring wieder zum Vorschein kam.«

Unter dieser Erzählung hatten Amalia und Marie die Pforte des alten Schlosses erreicht.

18. Wie edle Menschen das Unrecht vergüten

Der Graf, die Gräfin und die übrigen Herrschaften waren indessen in dem großen Saal des Schlosses, der nach dem Geschmack des Altertums sehr prächtig verziert war, versammelt. Alle Wände des Saales waren nach altdeutscher Kunst und Art mit Tapeten bekleidet, auf denen ganze Jagden mit Jägern, Pferden und Hunden, Hirschen und Wildschweinen sehr künstlich eingewirkt waren.

Die Farben sahen ungeachtet ihres Alters noch sehr frisch und lebhaft aus, und wer nur – besonders bei Nacht, wenn die herabhängenden kristallenen Leuchter mit ihren vielen Kerzen brannten – hineintrat, glaubte, in einen Wald zu kommen.

Der würdige Pfarrer war längst in dem Saal angelangt, und die ganze Gesellschaft hatte seine Erzählung von Jakob und Marie mit der größten Teilnahme angehört. Er hatte die Geschichte des frommen Greises so herzlich und rührend erzählt, hatte von der edlen Denkart und dem ganzen Betragen des guten Mannes während seines Aufenthaltes auf dem Tannenhof ein so rührendes, schönes Gemälde entworfen, hatte besonders die unwandelbare Verehrung und Liebe des alten Dieners gegen seine Herrschaft, die bloß durch die seltsamsten, unbegreiflichsten Umstände genötigt gewesen wäre, ihn und seine Tochter zu misskennen, in ein so helles Licht gesetzt, hatte von Mariens unaussprechlicher Liebe gegen ihren Vater, von ihrer kindlichen Sorgfalt für ihn, ihrer unermüdeten Tätigkeit, ihrer Frömmigkeit, Geduld und Bescheidenheit so viel schöne Beispiele angeführt, dass allen, die ihm zuhörten, die hellen Tränen in den

Augen standen, die edle Frau Gräfin, Amaliens Mutter, aber sich nicht mehr halten konnte, recht von Herzen zu weinen.

In diesem Augenblick trat die Gräfin Amalia, an der einen Hand Marie und in der anderen das Blumenkörbchen, in den hell erleuchteten Saal. Alle eilten ihnen entgegen; alle überhäuften Marie mit den freundlichsten Begrüßungen.

Der Graf nahm sie liebreich bei der Hand und sprach: »Armes, gutes Kind! Wie blass und abgezehrt du aussiehst! Unser unweises Benehmen hat deine Wangen so gebleicht und deiner jugendlichen glatten Stirn die frühen Furchen eingegraben. Verzeih uns! Wir wollen alles tun, die verschwundenen Rosen deiner Wangen von neuem aufblühen zu machen. Wir haben dich aus deiner väterlichen Wohnung vertrieben; aber sie soll von nun an dein Eigentum sein. Sieh, das kleine, niedliche Haus zu Eichburg und den schönen Garten dabei, wovon dein Vater nur die Nutznießung hatte, schenke ich dir hiermit, und mein Sekretär soll heute noch die Schenkungsakte aufsetzen, und Amalia sie dir überreichen.«

Die Gemahlin des Grafen, Amaliens Mutter, küsste Marie, schloss sie in ihre Arme, nannte sie ihre Tochter und zog dann den funkelnden Ring, wegen dessen Marie so vieles hatte leiden müssen und den die Frau Gräfin kurz zuvor, ehe Marie hereinkam, aus dem Schmuckkästchen genommen und angesteckt hatte, vom Finger und sprach: »Sieh, liebes Kind! Deine Unschuld und Tugend sind zwar ein köstlicheres Kleinod als der große, helle Diamant in der Mitte dieses Ringes. Obgleich du indes an besseren Schätzen reich bist, so verschmähe dennoch diesen Edelstein nicht – als einen kleinen Ersatz für das Unrecht, das dir geschehen, und als ein Pfand meiner wahrhaft mütterlichen Zärtlichkeit gegen dich! Da der Ring dein künftiger Brautschmuck nicht sein kann, so soll er zu deinem künftigen Brautschatz bestimmt sein. Kommt einmal jene Zeit, dass du einen Brautschatz nötig haben wirst, so werde ich den Ring nach seinem vollen Wert wieder einlösen!« Und mit diesen Worten steckte die Gräfin den Ring an Mariens Finger.

Marie weinte die süßesten Tränen, wie sie kurz vorhin die bittersten geweint hatte; sie war von so vieler Güte wie betäubt; sie unterlag beinahe darunter, wie unter einer schweren Last. Sie konnte nicht reden, musste nur weinen, wollte den kostbaren Ring nicht nehmen.

Einer der zwei fremden Herren sagte: »Nimm, du armes Kind, immerhin, was reiche Großmut dir gibt. Gott hat den verehrungswürdigen Herrn Grafen und die liebenswürdige Frau Gräfin mit großen Reichtümern gesegnet; er hat ihnen aber auch, was noch weit mehr ist, ein großes Herz gegeben, diese Reichtümer auf die beste Art zu verwenden.«

»Oh nicht doch«, sagte die Gräfin, »Sie schmeicheln uns, Herr Baron. Es ist dieses keine Handlung der Großmut. Wir haben der Welt ein Beispiel von einer schreienden Ungerechtigkeit gegeben, an die ich lebenslänglich mit Betrübnis und Beschämung denken werde; es ist uns zu unserer Beruhigung schlechterdings notwendig, den begangenen Fehler wenigstens in etwas wieder gut zu machen. Auf Verdienst können wir hier gar keine Ansprüche machen; wir erfüllen bloß eine Pflicht der Gerechtigkeit.«

Die bescheidene, anspruchslose Marie stand – und hielt den Ring, den sie wieder abgenommen hatte, in ihrer zitternden Hand; sie blickte mit ihren tränenvollen Augen den Herrn Pfarrer an, als wollte sie ihn fragen, was sie tun solle.

Der würdige Pfarrer sprach: »Ja, Marie, du musst den Ring behalten. Der Herr Graf und die Frau Gräfin denken zu edel, denselben wieder zurückzunehmen, da diese Begebenheit ein ganz außerordentliches Beispiel ist, wie ein Verdacht, der vollkommene Gewissheit scheint, dennoch täuschen könne; so lass du, liebe Tochter, diese Begebenheit immerhin auch ein außerordentliches Beispiel sein, wie edle Menschen ihre begangenen Übereilungen schön und herrlich wieder vergüten. – Sieh, gutes Kind, Gott vergilt dir deine kindliche Liebe gegen deinen Vater; denn wer seine Eltern aufrichtig ehrt, dem muss es nach Gottes Verheißung ja wohl gehen. Gott bedient sich der wohltätigen Hände des Herrn Grafen und der Frau Gräfin, dir deine überstandenen Leiden zu vergüten. Nimm also diese reiche Gabe mit Dank an – und da du im Unglück dich so gottergeben, sanftmütig und geduldig betrugst, so bleibt dir jetzt nichts mehr zu tun übrig, als dich nun auch im Glück ebenso dankbar gegen Gott und ebenso wohlwollend und bescheiden gegen die Menschen zu benehmen.«

Marie steckte den Ring mit Dankestränen an den Finger. Sie vermochte nicht, ihren Dank auszudrücken.

Amalia, die mit dem Blumenkörbchen in der Hand neben Marie stand, war hoch erfreut, dass ihre Eltern so edelmütig handelten. Aus ihren Blicken strahlte das reinste Wohlwollen gegen Marie. Der Pfarrer, der es nur zu oft wahrnehmen musste, wie scheel die Kinder sehen, wenn Eltern anderen Menschen Wohltaten erweisen, war von Amaliens uneigennütziger Güte noch besonders gerührt. »Gott«, sprach er, »wolle dem Herrn Grafen und der Frau Gräfin ihren Edelmut lohnen und das, was sie an einer armen Waise tun, ihnen an ihrer eigenen liebenswürdigen Tochter, die so edel als ihre Eltern gesinnt ist, mit hundertfältigem Segen vergelten.

Und das wird er auch; denn was wir von zeitlichen Gütern zum Besten unserer leidenden Mitmenschen verwenden, ist lauter Gewinn. Es wird uns nicht nur in dieser Welt belohnt, es ist ein Kapital, das für eine bessere Welt angelegt wird und keiner Gefahr mehr ausgesetzt ist, verloren zu gehen. Dort wird es uns dereinst reichliche Zinsen tragen.«

19. Noch eine denkwürdige Nachricht zu dieser Geschichte

Die Frau Gräfin befahl nun, die Abendmahlzeit aufzutragen, bat den Herrn Pfarrer, bei der Tafel zu bleiben, und sagte, Marie müsse auch mitspeisen. Während des Tischgebetes – welcher schöne Gebrauch damals auch bei höheren Ständen allgemein herrschte – hatte Marie eine ganz eigene, rührende Empfindung. »Mein Gott«, dachte sie, »wie wehe tat es mir und wie kleinmütig ward ich, als ich auf dem Tannenhof nach vollbrachter Tagesarbeit ohne Abendessen fortgeschickt wurde – und wie hätte ich denken können, dass zu eben jener Stunde bereits hier in diesem Schloss, unter diesen edlen Menschen, mir eine Mahlzeit bereitet werde. Wie danke ich dir, lieber Vater im Himmel, für deine gütige Vorsorge! Ach, verzeih mir meinen Kleinmut und gib mir deine Gnade, im Vertrauen auf dich nie mehr zu wanken.«

Marie wurde ihr Platz zwischen der Frau Gräfin und der Gräfin Amalia angewiesen. Sie weigerte sich mit jungfräulicher Schüchternheit, diese Ehrenstelle einzunehmen. Allein die Frau Gräfin sagte freundlich: »Da du, unsere – nicht verlorene, sondern verstoßene – Tochter, wiedergefunden bist, so ist es ja billig, eine Freudenmahlzeit zu halten, und dabei gebührt dir mit Recht die erste Stelle.« Sie nahm Marie bei der Hand und führte sie an den ihr bestimmten Platz.

Während des Speisens war beinahe von nichts anderem als von Mariens Geschichte die Rede. Der Graf hatte den alten, redlichen Jäger Anton, als einen forstverständigen Mann, mitgebracht. Der treue Diener half mehr aus Neigung als auf Befehl allemal, seine Herrschaft bei der Tafel bedienen. Diesen Abend stand er aber fast immer hinter Mariens Sessel und wischte sich eine Träne nach der anderen aus den Augen. Sein Alter hatte ihm eine Art von Recht erworben, hier und da ein Wörtchen mitzusprechen. »Nicht wahr,

Jungfer Marie«, sprach er einmal, »es traf doch ein, was ich Ihr und Ihrem Vater dort am Grenzstein im Wald sagte: Ehrlich währt am längsten; und: Wer auf Gott vertraut, den verlässt er nicht. Nun fehlt nichts mehr als eins. Ihr Vater, mein alter, ehrlicher Jugendfreund, hätte diesen Freudentag auch noch erleben sollen! Der gut Jakob, wie der sich gefreut hätte, sein Kind, das ihm seit dem Tod seiner Frau das Liebste auf Erden war, als unschuldig anerkannt und so geehrt zu sehen! Ich meine nicht, dass ich es aus dem Kopf bringen kann, der liebe Gott hätte ihm doch noch die wenigen Monate schenken sollen. Wenn er ihn dann gleich an dem heutigen Abend vor Freude hätte sterben lassen, so wollte ich mich gern darein gegeben haben. Wenn er diese Freude nur noch erlebt hätte!«

»Ich lobe Eure Empfindung, guter, alter Mann«, sprach der Pfarrer; »denn sie macht Eurem Herzen wahrlich Ehre. Allein wir müssen unsere Blicke nie bloß auf dieses Leben hier unter dem Mond beschränken, das nur den kleinsten und, ich darf es sagen, gerade den armseligsten Teil unserer ganzen Dauer ausmacht. Diese Welt ist nur der Vorplatz einer anderen Welt; dieses Erdenleben nur Vorbereitung auf ein zweites, besseres Leben im Himmel. Betrachten wir nun das Leben eins Menschen, abgerissen von seiner künftigen Bestimmung, so müssen uns notwendig Dinge darin aufstoßen, die sich mit der Weisheit, Güte und Gerechtigkeit Gottes nicht reimen lassen. Richten wir aber unsere Blicke aufwärts zum Himmel, so öffnen sich uns Aussichten, die uns über alles, was in diesem Leben ungleich und widersprechend scheint, beruhigen müssen.

So ist es auch mit der Geschichte Jakobs und Mariens. Dem guten Kind hier werden die erduldeten Leiden von der edelsten Großmut herrlich vergütet. Der alte, vortreffliche Vater hingegen musste sterben, von seiner edelmütigen, geliebten Herrschaft durch eine seltene Schickung, ganz misskannt und ins Elend verstoßen; ja er musste – was seinem Vaterherzen am allerschwersten fiel – sein Kind in der tiefsten Armut in dieser Welt zurücklassen. Wenn es nun kein anderes Leben gäbe, so müsste eine solche Ungerechtigkeit in Vergütung erduldeter Leiden uns als eine schreiende Ungerechtigkeit erscheinen und jedes Menschenherz empören, wie das der gute Greis hier sehr richtig fühlt.

Allein es gibt ein besseres Leben; es gibt – oh wohl uns armen Menschen! – einen Himmel, wo das schöne, große Ziel aller unserer Leiden erst vollkommen erreicht wird. Und dort im Himmel werden dem Vater Mariens seine Leiden und sein unverdientes Elend schöner und herrlicher vergütet, als sie seiner Tochter hier auf Erden ersetzt werden. Dort genießt er jetzt reinere Freuden, ja eine Seligkeit, eine Herrlichkeit, gegen welche diese prächtige Freudenmahlzeit in diesem schimmernden Saal nicht einmal ein Schatten ist.

Ja noch mehr! Ich weiß es zwar nicht – allein mein Herz sagt es mir, und in vielen Fällen verdient das Herz mehr Glauben als der Kopf – mein Herz sagt es mir, dass der fromme Greis, der ja sein Vaterherz mit in den Himmel nahm, an diesem Freudenabend vielleicht mehr Anteil hat als wir denken. Da ich alle die edlen Gäste an der Tafel hier so gerührt sehe, so muss ich doch noch etwas erzählen, das ich unter anderen Umständen vielleicht verschwiegen hätte.

Eines Morgens kam ich an das Krankenbett des frommen Greises. So groß sein Vertrauen auf Gottes Vorsicht immer war, so hatte er sich doch nie aller schmerzlichen Sorgen um das künftige Schicksal seiner geliebten Tochter ganz entschlagen können. An jenem Morgen aber fand ich ihn ungemein fröhlich. Heiter lächelnd bot er mir die Hand aus dem Bett und sagte: »Nun, Herr Pfarrer, ist mir auch der letzte Stein vom Herzen genommen – die Sorge für meine Tochter; nun bin ich ganz ruhig. Diese Nacht konnte ich beten wie fast noch nie in meinem Leben – und eine noch nie gefühlte Ruhe, ein himmlischer Trost goss sich in mein Herz aus. Ich habe den frommen Glauben, mein Gebet sei erhört. Getrost schließe ich nun meine Augen – denn ich weiß, die Unschuld meiner Tochter werde noch entdeckt werden, und der edle Graf werde die Vatersorge für dieselbe übernehmen und die vortreffliche Gräfin Mutterstelle an ihr vertreten.« So sprach der fromme Greis am Morgen nach jener

Nacht – und nun vernahm ich erst diesen Abend aus den Gesprächen während der Tafel mit Erstaunen, dass gerade in jener Nacht der gewaltige Sturmwind den großen, alten Baum in dem Schlossgarten beugte und somit den versteckten Edelstein und Mariens verkannte Unschuld an den Tag brachte. So ward sein frommes Gebet damals schon erhört. Und so hat wohl der verklärte Geist des frommen Greises am Thron desjenigen, der alle menschlichen Schicksale lenkt, sein Gebet fortgesetzt, hat die Errettung seines armen Kindes, dessen Jammer bereits aufs höchste gestiegen war, beschleunigt, hat uns allen diesen seligen, göttlich schönen Abend bereitet. – Und wie sollte nun ihm allein, den doch das Schicksal seiner Tochter am nächsten angeht, die glückliche Wendung desselben ganz und gar unbekannt bleiben? Es ist wenigstens mir ein tröstlicher Gedanke, dass er auch dort, jenseits des Grabes, um das Glück seines innig geliebten Kindes wisse und unsere Freuden teile. Dem sei aber, wie ihm wolle, so bleibt doch dies gewiss, dass jenes nächtliche Gebet des frommen Greises und die Erhörung desselben über diese ganze Geschichte das freundlichste, schönste Licht verbreitet und ihr gleichsam die Krone aufsetzt. Die ganze Geschichte erscheint nun erst in vollem Glanz als ein Werk der göttlichen Vorsehung.«

»Nein«, fuhr der Pfarrer mit sichtbarer Rührung fort, »kein bloßes Ungefähr hat uns hier zusammengebracht; kein blinder Zufall hat uns diese Stunde schöner Rührung und edler Empfindung bereitet. Gottes Güte, Gottes heilige Vorsehung ist es, die mich, einen ganz Fremden, in den Kreis dieser edlen Menschen einführte – um von ihr zu zeugen, da mir der Sterbende einen Umstand vertraute, der uns in eine der geheimsten Tiefen dieser Geschichte hineinblicken lässt.

Möchte uns diese Geschichte ein Beweis sein, dass Gott, der die Gefühle der zärtlichsten Liebe in die Herzen aller Väter und Mütter legte, noch eine unendlich größere Liebe gegen alle seine Menschen hat und zärtlicher für sie sorgt, als Väter und Mütter auf Erden nur immer für ihre Kinder sorgen können. Möchten wir alle in dem erfreuenden Glauben, dass ein großes Vaterherz dort oben für uns alle schlage, leben und sterben. Denn dieser Glaube ist doch in Not und Tod, gegen die kein Stand auf Erden ein Privilegium hat, gegen die kein Ordensstern und keine Krone schützen kann, unser einziger Trost.«

»Dies ist auch mein Glaube, lieber Herr Pfarrer!« sagte die Frau Gräfin, indem sie aufstand und ihm die Hand bot. Alle übrigen stimmten mit ein und standen auch auf. »Es ist bereits ziemlich spät«, sagte jetzt die Frau Gräfin, »und da wir morgen sehr früh aufbrechen, so wollen wir nun noch ein wenig ruhen – und sogleich auseinandergehen, um die schönen Empfindungen, die der Herr Pfarrer in uns erregte, durch nichts mehr zu zerstreuen. Denn besser können wir den heutigen Tag unmöglich beschließen.« Alle gingen gerührt auseinander.

20. Ein Besuch auf dem Tannenhof

Am folgenden Tag mit anbrechender Morgenröte waren schon alle im Schloss geschäftig, sich zur Abreise fertigzumachen; am emsigsten aber waren Gräfin Amalia und das anwesende fremde Fräulein um Marie beschäftigt.

Marie hatte sich zu Eichburg so gekleidet, wie es bei den Töchtern herrschaftlicher Diener damals gebräuchlich war; da sie aber während ihres Aufenthaltes auf dem Tannenhof sich nach und nach neue Kleidungsstücke anschaffen musste, so wollte sie durch eine bessere Tracht die Augen der Leute nicht auf sich ziehen; sie trug sich daher jetzt beinahe ganz so wie die Landmädchen jener Gegend. Das fremde Fräulein, das mit Marie von einem Alter und von einer Größe war, schenkte ihr nun auf Amaliens Bitten einen vollkommenen, beinahe noch ganz neuen, sehr schönen Anzug. Marie nahm Anstand, das schöne Kleid zu tragen.

Allein Gräfin Amalia sagte: »Nur keine langen Bedenklichkeiten! Du musst es sogleich anziehen. Du bleibst von nun an als meine

Freundin und Gesellschafterin beständig bei mir, und da musst du doch anders als ein Bauernmädchen gekleidet sein. Auch ist es am besten, dass du dich sogleich hier umkleidest; so macht es am wenigsten Aufsehen!«

Beide Frauenzimmer wetteiferten nun, Marie recht herauszuputzen, nahmen sie dann in ihre Mitte und führten sie in den großen Saal, wo das Frühstück schon bereitstand. Jedermann stutzte zuerst über das dritte fremde Frauenzimmer – bald aber erkannten sie Marie, begrüßten sie alle mit frohem Jubel und gaben dieser vorteilhaften Veränderung, wie sie diese Umkleidung nannten, ihren Beifall.

Nach dem Frühstück stieg man sogleich ein, und Marie musste sich neben Amalia zu dem Grafen und der Gräfin in den Wagen setzen. Der Graf befahl, über den Tannenhof zu fahren, weil er die guten alten Leute, die Marie und ihren Vater so gütig aufgenommen hatten, wollte kennenlernen. Unterwegs erkundigte er sich sorgfältig nach ihnen, und Marie verhehlte es nicht, dass die Lage derselben sehr traurig sei und dass sie für ihre alten Tage wenige gute Stunden mehr hoffen könnten.

Die Ankunft der Kutsche machte auf dem Tannenhof kein geringes Aufsehen; denn seit der Hof stand, war vielleicht keine Kutsche, am allerwenigsten aber eine so prächtige, dahin gekommen.

Die junge Bäuerin kam, als die Kutsche vor der Haustür hielt, eilends aus dem Haus gesprungen. »Ich muss doch«, sagte sie, »dem vornehmen fremden Herrn nebst Frau Gemahlin und zwei Fräulein Töchtern aussteigen helfen.« Als sie aber dem einen vermeintlichen gnädigen Fräulein die Hand bot, erkannte sie in ihr plötzlich – Marie. »Was Henkers soll dies sein!« rief sie in ihrer rohen Art, sich auszudrücken; sie ließ, als hätte sie eine Schlange angefasst, Mariens Hand augenblicklich los, fuhr zehn Schritte weit zurück und wurde bald bleich und bald rot.

Der alte Bauer arbeitete eben in dem Garten. Der Graf, die Gräfin und Amalia eilten zu ihm hin, reichten ihm die Hand, lobten seine Wohltätigkeit gegen Marie und ihren Vater und dankten ihm dafür in den gütigsten Ausdrücken. »Ach«, sagte der brave Bauer, »ich habe dem guten Mann mehr zu danken als er mir. Mit ihm kam der Segen unter mein Dach, und wenn ich nur in allen Stücken seinem Rat gefolgt hätte, so stände es jetzt viel besser mit mir. Seit er tot ist, habe ich keine Freude mehr als den Garten hier. Und auch dies habe ich seinem klugen Rat zu danken, dass ich mir das Stücklein Land da noch vorbehielt, so wie ich auch die Kunst, es zu bauen, ihm abgelernt habe. Da arbeite ich denn so, seitdem mir der Pflug zu schwer wird, und suche unter den Kräutern und Blumen den Frieden, den ich in meinem Haus nicht mehr finde.«

Indes hatte Marie die alte Bäuerin in dem kleinen Stübchen aufgesucht und führte sie an der Hand herbei, indem sie ihr beständig zuredete, sich nicht zu scheuen. Denn die gute Frau hatte in ihrem Leben noch mit keiner so vornehmen Herrschaft gesprochen. Sie kam nur sehr schüchtern und furchtsam näher. Auch sie wurde mit Lobeserhebungen und Danksagungen überhäuft.

Die beiden guten alten Leute standen ganz beschämt da und weinten vor Freude wie Kinder. »Hab ich's nicht gesagt«, sprach der alte Mann zu Marie, »es werde dir wegen deiner kindlichen Liebe gegen deinen Vater noch wohl gehen? Sieh, nun ist meine Vorhersagung eingetroffen.« Und die alte Bäuerin, die indes Mut bekam, sagte, indem sie den Zeug von Mariens schönem Kleid zwischen den Fingern prüfte: »Ja, ja, dein Vater hatte doch recht mit seinem Sprüchlein: Der die Blumen kleidet, werde auch für dich sorgen.«

Die junge Bäuerin aber stand in einiger Entfernung und sagte für sich selbst: »Hm! Hm! Was man nicht alles erleben muss! Da ist das elende Bettelmädchen gar noch ein hochadeliges Fräulein geworden. Je nun, wer hätte das gedacht? Jetzt darf unsereins freilich nicht mehr neben sie hinstehen. Aber man weiß doch noch, wer sie ist, und dass sie gestern abends mit ihrem Bündelein unter dem Arm dort den Steig hinaufging, um im Land auf und ab zu betteln.«

Der Graf vernahm zwar die lästernde Rede des Weibes nicht; er hatte aber schon an dem Anblick ihrer höhnischen, verzerrten

Mienen genug. »Das ist ja ein ganz abscheuliches Geschöpf!« sagte er und ging in dem Garten nachdenkend einige Male auf und ab.

»Hör, guter alter Bauer«, sagte jetzt der Graf, indem er auf einmal bei dem alten Bauer stehenblieb, »ich habe Euch einen Vorschlag zu machen. Das kleine Gütchen zu Eichburg, das Mariens Vater baute, habe ich hier seiner Tochter geschenkt. Allein Marie wird so bald noch keine eigene Wirtschaft anfangen. Wie wäre es, wenn Ihr dahin ziehen würdet? Es wird Euch gewiss gefallen, und ich weiß es schon zum voraus, dass Marie kein Pachtgeld von Euch verlangen wird. Dort könnt Ihr nach Herzenslust den Kräutern und Blumen abwarten und werdet noch obendrein in der artigen Wohnung Ruhe und Frieden für Eure alten Tage finden.«

Die Gemahlin des Grafen, Gräfin Amalia und Marie, redeten alle den alten Leuten zu, es so zu machen. Es wäre aber nicht soviel Zuredens nötig gewesen; sie waren über den Antrag so froh, als hätte man ihnen die Erlösung aus der Hölle angekündet.

Jetzt kam der junge Bauer vom Feld heim; denn er war sehr neugierig, was in aller Welt doch die Kutsche mit den vier prächtigen Schimmeln auf seinem Hof wolle. Als er vernahm, was man vorhabe, bedachte er sich nicht lange, einzuwilligen, so hart es ihm auch fiel, seine alten Eltern fortziehen zu lassen. Es war bisher sein größtes Leiden, dass sie von ihrer eigenen Schwiegertochter so geplagt wurden, und es gewährte ihm einen großen Trost, dass es ihnen nun besser gehen werde.

Die junge Bäuerin aber schob sozusagen mit beiden Händen, die alten Schwiegereltern recht gewiss aus dem Haus zu bringen. Sie wollte recht höflich tun und sagte – da sie den Herrn Grafen von Marie eben Excellenz nennen gehört – mit einer tiefen Verbeugung: »Das ist ja eine erschrecklich große Gnade von dem Herrn Excellenz da; es wäre eine Grobheit, wenn man sie nicht annehmen täte! Das täte ihn gewiss ganz grausam verdrießen, und seine Frau Exzellenzin da könnte gar denken, die Leute sind ja gröber als die eichenen Klötze. Nein, das ist einmal ein unerhörtes Glück!«

»Nun, das freut mich«, sagte der junge Bauer, »dass du das einsiehst. Ich sagte immer: Wohltätigkeit gegen ehrliebende und tugendhafte Arme bringt Glück und Segen in das Haus! Du wolltest es aber nicht glauben. Jetzt behalte ich doch auch einmal recht.«

Die junge Bäuerin ward vor Zorn so rot wie ein gesottener Krebs. Indes getraute sie sich doch nicht, ihren Zorn vor der gnädigen Herrschaft in Worten ausbrechen zu lassen. Sie warf aber dem jungen Mann einen Blick zu, als wenn sie ihn hätte damit durchstechen wollen.

Der Graf versprach, dass er die alten Leute, sobald die nötigen Anstalten gemacht sein würden, werde abholen lassen – und somit stieg er mit seiner Reisegesellschaft wieder in den Wagen und fuhr weiter.

21. Was sich auf dem Tannenhof noch weiter begab

Der edle Graf hielt sein Wort genau; noch in dem Herbst kam eine Kutsche von Eichburg auf dem Tannenhof an, die guten alten Leute abzuholen. Der Sohn weinte heiße Tränen, seine guten Eltern zu verlieren; die Schwiegertochter aber, die jeden Tag und jede Stunde gezählt hatte, bis sie abreisen würden, empfand die größte Freude, ihrer endlich einmal loszuwerden. Diese Freude wurde ihr aber sehr verbittert. Denn der Kutscher überreichte ihr eine Signatur, in der geschrieben stand, dass sie alles dasjenige, was den Schwiegereltern zu ihrem Lebensunterhalt ausgedungen sei, die Naturalien nach laufenden Preisen zu Geld angeschlagen, in guten und gangbaren Münzsorten jedes Quartal bei Vermeidung eines Exekutionsboten an das nächste fürstliche Rentamt zu bezahlen habe. Hierüber war sie schrecklich böse und fluchte und tobte. »Da kommen wir ja von dem Regen in die Traufe«, sagte sie; »wenn sie dageblieben wären, hätten sie uns nicht halb soviel gekostet.« Der Sohn aber war sehr erfreut, dass er auf diese Art gegen den Willen seines Weibes seinen alten Eltern noch Gutes tun könne; nur durfte er seine Freude sich nicht anmerken lassen.

Die guten Eltern setzten sich am folgenden Morgen in die Kutsche und fuhren, von den lauten Segenswünschen ihres Sohnes und den heimlichen Verwünschungen ihrer Schwiegertochter begleitet, ab; dem bösen Weib ging es aber noch so, wie sie es an ihren Schwiegereltern verdient hatte und wie es dem Geiz und der Unmenschlichkeit allemal geht. Sie hatte ihr Geld bei einem Kaufmann angelegt, der eine neue Fabrik errichtete und für das Hundert zehn Gulden Zins zu geben versprach. Die Zinsen wurden jährlich zum Kapital geschlagen und trugen wieder Zinsen, die abermals verzinst wurden. Die Bäuerin wähnte sich sehr glücklich und kannte kein größeres Vergnügen in der Welt, als ihrem Mann vorzurechnen, wieviel all das Geld in zehn und wieviel es in zwanzig Jahren ausmachen werde. Allein sie wurde bald sehr unsanft aus ihren goldenen Träumen aufgeschreckt. Das Unternehmen des Kaufmanns misslang, und es wurde die Vergantung gegen ihn ausgeschrieben. Das war ein Donnerschlag für die Bäuerin. Sie hatte von dem Augenblick an, wo sie das hörte, keine ruhige Stunde mehr. Sie war bei Tag fast immer auf der Straße, bald zum Advokaten und bald zum Gericht; und zu Nacht konnte sie vor lauter Sinnen, Überlegen und Hin- und Herdenken kein Auge mehr schließen. Endlich erhielt sie anstatt ihrer zehntausend Gulden noch einige hundert. Nun wollte sie gar verzweifeln; das Leben war ihr verhasst, und sie wünschte sich den Tod. Wirklich entkräftigte sie der beständig nagende Kummer so sehr, dass sie in ein sehr hartnäckiges Fieber verfiel. Ihr Mann wollte ihr den Arzt aus dem nächsten Städtchen holen; allein sie gab es nicht zu. »Er konnte dem alten Jakob nicht helfen«, sagte sie; »so wird er mir wohl auch nicht helfen können. Der Scharfrichter von Buchdorf versteht es viel besser.« Das redete aber nur der Geiz aus ihr. Denn sie glaubte, bei dem Scharfrichter etwa ein paar Gulden weniger bezahlen zu dürfen. Der Bauer widersetzte sich diesmal in allem Ernst und brachte den Doktor; allein die Bäuerin warf voll Zorn sogleich das erste Arzneiglas uneröffnet zum

Fenster hinaus und ließ den Scharfrichter heimlich rufen. Seine berühmten Tropfen stillten ihr auch wirklich das Fieber; zogen ihr aber, da ihnen Gift beigemischt war, anstatt des Fiebers die Auszehrung zu.

Der Herr Pfarrer von Erlenbrunn besuchte sie in ihrer Krankheit und redete ihr auf das Liebreichste zu, sich zu bessern, ihren Sinn zu ändern und ihr Herz von den irdischen Dingen ab und zu Gott hin zu wenden. Allein darüber war sie sehr aufgebracht. Sie schaute den wohlmeinenden Pfarrer mit weit aufgesperrten Augen an und sagte: »Ich weiß gar nicht, was der Herr Pfarrer mit seiner Bußpredigt will. Mit dem Kaufmann, der uns um das Geld betrog, da dürfte er so sprechen; ja, da ließ ich's gelten. Aber ich, meinte ich, wäre gut genug, so wie ich bin. Ich habe, solange ich ausgehen konnte, den sonntäglichen Gottesdienst nie versäumt und auch daheim meine täglichen Gebete nie unterlassen; ich habe in meinem Leben nichts getan als gearbeitet und gespart und mich als ein treffliches Muster der löblichsten aller Tugenden, der Häuslichkeit, betragen; kein Mensch in der Welt kann mir etwas Schlechtes nachsagen, und kein Armer, der vor meine Tür kam, kann behaupten, dass ich ihn leer gehen ließ. Nun möchte ich doch wissen, wie man anders sein kann? Ich hätte gemeint, der Herr Pfarrer hielt mich für eine der frömmsten und tugendhaftesten Personen in der ganzen Pfarrei.«

Der würdige Pfarrer sah sich genötigt, nachdrücklicher mit ihr zu sprechen, um sie zur Besserung zu bewegen. Er zeigte ihr ausführlich und handgreiflich, dass sie noch das Geld über alles liebe, und dass dieser Geiz, den sie irrig mit der allerdings sehr löblichen Tugend der Sparsamkeit verwechsle, eine wahre Abgötterei sei; dass der rohe Zorn, von dem sie sich beherrschen lasse, unter die abscheulichsten Laster gehöre, Sanftmut und Geduld aber, diese liebenswürdigen und unumgänglich nötigen Tugenden, ihr gänzlich fehlten; dass sie aus Geiz und Zorn ihrem Mann unzählige traurige Stunden gemacht, die arme Waise Marie grausam verstoßen und sogar ihre alten Schwiegereltern, die sie doch wie ihre eigenen Eltern hätte ehren und lieben sollen, aus dem Haus vertrieben habe; dass sie bei ihrem großen Vermögen mit dem Stücklein Brot oder der Handvoll Mehl, die sie hier und da einem Armen, oft nur, um seiner loszuwerden, aus dem Fenster reichte, die wichtige Pflicht der Wohltätigkeit keineswegs erfüllt habe; dass sie im Gegenteil diese fromme Pflicht verachtet und sogar den würdigsten und bemitleidenswertesten Hausarmen niemals mit einem Metzen Getreide aus der Not geholfen, wiewohl sie deren Tausende auf dem Kornboden liegen hatte; dass ihre Gaben, wenn für Abgebrannte oder andere Verunglückte gesammelt wurde, immer die kleinsten und unbedeutendsten gewesen; dass sie durch ihren sündhaften Wucher sich um ihr größtes Vermögen, mit dem sie soviel Gutes hätte stiften können, gebracht und durch ihren Geiz sich selbst das Leben abgekürzt habe; dass ihr gerade die Hauptsache des Christentums, die Liebe gegen Gott und die Menschen, fehle; dass ihr Kirchengehen, so heilig die Pflicht auch sei, den öffentlichen Gottesdienst zu besuchen, für sie nicht verdienstlich sein könne, da sie dadurch nicht besser geworden, und dass ihr Gebet, da es aus einem liebeleeren Herzen komme, unmöglich das rechte Gebet sein könne.

Allein sie ließ den eifrigen Pfarrer nicht mehr ausreden; sie fing an zu heulen und zu schreien: »Ich bin doch die unglücklichste Person auf Erden«, sagte sie, »mich mag doch auf der ganzen Welt kein Mensch leiden; aber von meinem eigenen Seelsorger hätte ich es doch nicht geglaubt, dass der auch so feindlich gegen mich sein könnte. Ich habe ihm doch nichts zuleid getan, dass er mir so abgeneigt ist und mich für so schlecht hält.«

Der gut Pfarrer nahm betrübt Hut und Stock und ging. »Ach«, sagte er, »wie hart ist es doch, dass ein Mensch, dessen Herz am Irdischen hängt, Sinn und Gefühl für das Himmlische erlange. Wie fern ist er vom Reich Gottes – von der wahren Frömmigkeit und der echten Tugend. Mit einigen auswendig dahergesprochenen Worten glaubt er, sich mit Gott abzufinden, und mit einigen hingeworfenen Brosamen seines Überflusses sich aller Pflichten gegen seine Mitmenschen zu entledigen. Indes bleibt sein Herz ungebessert;

ja er hält in seiner Verblendung wohl gar seine Laster noch für Tugenden!«

»Ach«, sagte er, indem er eben an dem Garten vorbeiging und einen Blick hineinwarf, »wie sehr betrügen sich diejenigen, die da meinen, um glücklich zu sein, brauche man nichts als recht viel Geld. Diese reiche Bäuerin hatte bei all ihrem Geld und Gut in ihrem Leben keine so frohe Stunde, als die arme Marie hier unter den Blumen dieses Gärtchens ihrer tausend hatte.«

Die Bäuerin musste indes noch sehr vieles leiden. Sie hustete ganze Nächte hindurch, getraute sich aus Geiz kaum, einen Tropfen Wein oder einen Löffel voll Fleischbrühe zu kosten, und hatte bei allen ihren Leiden keinen wahren Trost, keine Kraft zur Geduld und zur Ergebung in den göttlichen Willen. Der fromme Pfarrer gab sich noch alle erdenkliche Mühe, sie auf bessere Wege zu bringen. Sie wurde zwar in ihren letzten Lebenstagen etwas milder und zeigte Reue; allein er zweifelte dennoch, nicht ohne Grund, ob sie sich wahrhaft gebessert habe. Endlich starb sie in ihren schönsten Lebensjahren als ein trauriges Opfer ihres Geizes, und als ein augenscheinliches Beispiel, dass die zeitlichen Güter den Menschen nicht glücklich, wohl aber recht unglücklich machen können.

22. Noch eine freudige Begebenheit

Im nächsten Frühling, da bereits alles grünte und blühte, begab sich der Graf mit seiner Gemahlin und Tochter nach Eichburg; auch Marie musste mitreisen und nahm in dem Wagen ihren gewöhnlichen Platz neben Amalia ein. Als die Reisegesellschaft abends Eichburg näherkam und Marie nun im Glanz der untergehenden Sonne den Kirchturm, das gräfliche Schloss und ihr väterliches Haus von der Ferne erblickte, ward sie sehr gerührt, und sie konnte die Tränen nicht zurückhalten. »Ach«, sagte sie, »damals, als ich Eichburg verließ, hätte ich wohl nicht gedacht, dass ich so in Freude und Ehre wieder zurückkommen würde! Wie wunderbar weiß doch Gott alle Dinge zu lenken, und wie gütig ist er!«

Als der gräfliche Wagen vor dem Schlosstor ankam, standen die Beamten und alle die übrigen Diener des Grafen bereit, die Herrschaft zu bewillkommnen. Auch Marie ward sehr freundlich begrüßt, und alle bezeugten ihre Freude, sie wiederzusehen, und wünschten ihr Glück, dass ihre Unschuld an den Tag gekommen. Der alte Amtmann aber nahm sie mit wahrhaft väterlicher Zärtlichkeit bei der Hand, bat sie vor allen Anwesenden um Verzeihung, bezeigte dem Grafen und der Frau Gräfin für die edelmütige Vergütung des zugefügten Unrechts seinen Dank und versicherte, auch er, auf den die größte Schuld falle, werde sich bestreben, die Schuld nach Kräften abzutragen.

Marie stand am anderen Tag sehr früh auf. Die Freude und der herrliche Maimorgen, der ihr hier auf dem Land wieder so recht in das Fenster schien, hatten sie so früh geweckt. Sie eilte, ihre väterliche Wohnung und ihren Garten zu besuchen. Unterwegs begegneten ihr lauter freundliche Gesichter; manche junge Leute, denen sie als Kindern Blumen geschenkt hatte, waren so herangewachsen, dass Marie sich darüber wundern musste. An der Gartentür kamen ihr der Bauer und die Bäuerin entgegen, bei denen sie auf dem Tannenhof eine so freundliche Aufnahme gefunden hatte, grüßten sie liebreich und erzählten ihr, wie zufrieden und vergnügt sie hier lebten.

»Einst«, sprach der Bauer mit Freudentränen in den Augen, »da Sie ohne Herberge waren, nahmen wir Sie unter unser Dach auf; und jetzt, da wir gleichsam aus unserer Wohnung vertrieben wurden, geben Sie uns für unsere alten Tage diesen freundlichen Aufenthalt.«

»Ja, ja!« sagte die Bäuerin, »Es ist doch immer gut, freundlich und dienstfertig gegen andere zu sein; man weiß nicht, wie sie uns wieder dienen können.« – »Nun, nun«, sprach der Bauer; »daran dachten wir damals nicht und taten es auch nicht deswegen. Indes bleibt es immer ein wahres Wort: ›Seid barmherzig, und ihr werdet Barmherzigkeit erlangen.‹«

Marie ging in das Haus; die Wohnstube, die Stelle, wo ehemals ihr Vater saß, weckte wehmütige Erinnerungen in ihr. Sie ging in dem Garten umher. Jeden Baum, den ihr Vater gepflanzt hatte – als sähe sie ihn noch stehen und gehen. Sie weihte seinem Andenken eine fromme Träne; sie konnte aber mit Ruhe, mit getröstetem Herzen dankbar denken, dass er sich nun in schöneren Gegenden befinde und dort einernte, was er hier aussäte.

Marie kam jeden Frühling auf einige Wochen nach Eichburg und lebte hier an der Seite Amaliens, von jedermann geehrt und geliebt, immer sehr frohe Tage. Eines Morgens saß sie mit Amalia an dem Arbeitstischchen, und beide waren sehr beschäftigt, ein Kleid fertig zu machen. Da trat ganz unvermutet der Herr Amtmann – und zwar, wiewohl es Werktag war, im scharlachroten Festkleid und mit frischgepuderter Perücke – sehr feierlich in das Zimmer. Amalia und Marie schauten einander verwundert an, was dies zu bedeuten habe. Der Amtmann bezeigte erst Amalia seinen Respekt und sagte dann, dass er Jungfer Marie einen Antrag von großer Wichtigkeit zu machen habe.

Sein Sohn Friedrich, fing er nun, zu Marie gewendet, an, der ihm durch die Gnade seiner Excellenz, des Herrn Grafen, in dem Amt adjungiert und sein bestimmter Nachfolger sei, habe ihm gestern eröffnet, dass er wegen ihres edlen Herzens und ihrer vortrefflichen

Eigenschaften eine Neigung zu Jungfer Marie habe und sich glücklich schätzen würde, sie zu ehelichen. Als ein guter Sohn habe er ihr von seiner Neigung und Absicht nichts sagen wollen, bis er sich zuvor der väterlichen Einwilligung, um die er hiermit bitte, versichert habe. Diese Einwilligung habe ihm der Vater sogleich mit Freuden und von ganzem Herzen gegeben und es übernommen, als Vater den Brautwerber für den geliebten Sohn zu machen und um Mariens Hand zu bitten. Diese ihr angetragene Verbindung, fügte er noch mit einer Träne im Auge bei, wäre ihm, dem Vater, umso angenehmer, da er das Unrecht, das er einst Marie zufügte und das ihm schon manche schwere Stunde gemacht habe, auf diese Art einigermaßen wieder gutmachen könne. Er hoffe, Jungfer Marie werde keine Abneigung gegen seinen Sohn hegen, am allerwenigsten aber das Unrecht, das ihr der Vater lediglich aus Irrtum und vielleicht zu großem Eifer für Handhabung der heiligen Gerechtigkeit zufügte, einen Grund sein lassen, den gemachten Antrag abzuweisen. Er schwieg – und wartete auf Mariens Antwort.

Marie war über den Antrag sehr betroffen. Sie wusste nicht sogleich, was sie sagen sollte, und wurde einmal über das andere glühend rot. Der Sohn des Amtmanns war ein sehr vortrefflicher junger Mann; er hatte seine Studien mit ganz ungemeinem Beifall vollendet und sowohl auf der Universität als während er bei der fürstlichen Regierung sich in Geschäften übte, ganz ausnehmende Kenntnisse erworben; seine Sitten waren untadelig; er hatte das edelste Herz, ein sehr feines, liebenswürdiges Betragen und überdies noch eine sehr schöne Gestalt. Er hatte Marie, seit sie wieder nach Eichburg gekommen war, in dem gräflichen Schlossgarten, in den sie mit der Herrschaft gewöhnlich nach Tisch herabkam, einige Male gesprochen und ihr eine ganz vorzügliche Hochachtung und Aufmerksamkeit bewiesen. Marie ahnte auch wohl, dass er eine Neigung zu ihr habe; es war ihr selbst auch schon der Gedanke gekommen, dass sie mit ihm sehr glücklich sein würde. Allein sie gab diesem Gedanken kein weiteres Gehör; sie war zu bescheiden und glaubte, ihre Wünsche nicht so hoch erheben zu dürfen. Sie war deshalb sehr auf der Hut, in ihrem Herzen eine Neigung aufkeimen zu lassen, die zu nichts diente als sie unruhig zu machen, und sie vermied es von dieser Zeit an sehr sorgfältig, mit Friedrich in dem herrschaftlichen Garten zusammenzutreffen. Obgleich nun der Antrag, der ihr jetzt gemacht wurde, ihren geheimsten Wünschen gemäß war, so konnte sie doch unmöglich sich sogleich erklären. Sie stammelte mit jungfräulicher Sittsamkeit und mit errötenden Wangen, dass sie durch den ehrenvollen Antrag überrascht sei – dass sie um Bedenkzeit bitte – dass sie mit dem Herrn Grafen und der Frau Gräfin, die bisher Vater- und Mutterstelle an ihr vertreten, zuvor noch sprechen müsse.

Dieses war dem klugen Amtmann schon genug; er entfernte sich sehr vergnügt. Er zweifelte gar nicht, dass diese Verbindung dem Herrn Grafen und der Frau Gräfin sehr angenehm sein würde. Er ging sogleich zu ihnen; sie hatten beide eine hohe Freude.

Der Graf sagte: »Sie bringen uns in der Tat eine sehr erfreuliche Nachricht, mein lieber Herr Amtmann! Meine Gemahlin und ich haben schon oft unter vier Augen davon gesprochen, dass der treffliche Friedrich und die liebenswürdige Marie sich sehr wohl füreinander schicken würden. Allein wir hüteten uns sehr, etwas davon merken zu lassen. Wir fürchteten, man möchte unseren Wunsch – für so etwas von einem Befehl ansehen; und in Heiratsachen ist uns alles, was auch nur von fern einem Zwang ähnlich ist, in der Seele verhasst. – Jetzt ist es uns aber um so angenehmer, dass unsere Wünsche ohne unser Zutun erfüllt werden.«

Die Frau Gräfin sprach: »Ich wünsche Ihnen von Herzen Glück, Herr Amtmann! Sie erhalten an Marie die beste Schwiegertochter und Ihr Sohn die beste Ehegattin. Marie ist in der Schule früher Leiden gebildet, und das ist die allerbeste Schule. Alle Ecken, die sich wohl auch in der Gemütsart sehr trefflicher Menschen finden, werden am besten durch Leiden abgeschliffen. Marie ist von Herzen demütig. Sie ward durch Schmeichelei nicht verwöhnt; sie ist die bescheidenste und anspruchsloseste Seele, die ich kenne; sanft, wohlwollend und – was die Wurzel alles Guten ist – von ganzem Herzen fromm. Auch ward sie von Kindheit an zur Arbeit gewöhnt, und da sie alle häusliche und ländliche Arbeiten selbst verrichtete, so versteht sie es sehr gut, einem Hauswesen vorzustehen. Das, was man feine Sitten und gute Lebensart nennt, hat sie sich in der Hauptstadt, ohne Nachteil ihrer Tugend, in kurzer Zeit eigen gemacht. Unschuld und Schönheit sind in ihr sehr lieblich vereinigt. Sie ist in jeder Hinsicht das Muster eines vollkommenen Frauenzimmers. Ihr Sohn wird mit Marie sehr glücklich sein!«

Die Frau Gräfin fing nun, da sie Mariens Einwilligung für gewiss hielt, sogleich an, sehr angelegentlich von den Anstalten zur Hochzeit zu sprechen. »Ich werde alles dazu beitragen«, sagte sie, »die Hochzeit recht feierlich zu machen. Die Mahlzeit werde ich hier im Schloss geben, und auch auf die Ausfertigung und den Brautputz Bedacht nehmen. Sieh, sieh«, setzte sie lächelnd bei, »jetzt kann Marie doch noch den Ring als Brautring tragen. Wer hätte das gedacht!« Auch wurde noch verabredet, mit Erlaubnis des Pfarrers von Eichburg den Pfarrer von Erlenbrunn einzuladen, damit er Mariens eheliche Verbindung einsegne. »Dies wird der Braut eine ganz unerwartete Freude machen«, sagte die Frau Gräfin, »und auch der edle Pfarrer, der an ihrem Unglück so vielen Anteil nahm, wird sich freuen, nun ein Zeuge ihres Glücks zu sein.«

Der Hochzeitstag war einer der feierlichsten Tage, die man in Eichburg je erlebt hatte. Die ganze gräfliche Familie begab sich zur bestimmten Stunde in die Kirche, wo sich bereits aus der ganzen Grafschaft Eichburg eine unzählige Menge Menschen eingefunden hatte. Wer nicht musste, war sicher nicht zu Hause geblieben; es war in den Augen der Leute etwas gar zu Außerordentliches, dass ein armes Mädchen, das ehemals in Ketten und Banden lag, zu solchen Ehren gekommen.

Amalia begleitete, jungfräulich bekränzt, ihre Freundin zur Kirche. Sie glaubte dadurch ihrem Rang nichts zu vergeben und von ihrem Ansehen nichts zu verlieren; in der Tat gewann sie vielmehr dadurch bei allem Volk an Liebenswürdigkeit, und jedermann schätzte sie wegen ihrer Leutseligkeit und Herablassung nur umso höher.

Marie stand in ihrem Kranz von weißen und roten Rosen und in einem veilchenblauen Kleid, mit einem Angesicht, das lieblicher als alle Rosen blühte, und mit bescheiden niedergeschlagenen Augen schön wie ein Engel neben dem wohlgebildeten Bräutigam von hoher, edler Gestalt, am Altar. Aller Augen waren auf sie gerichtet.

Der ehrwürdige Pfarrer von Erlenbrunn hielt vor der heiligen Handlung eine sehr schöne Anrede an das versammelte Volk. Er stellte die denkwürdige Geschichte der Braut und ihres verklärten Vaters zuerst kurz dar und pries dann Gottes heilige Vorsehung, die hier auf Erden uns Menschen durch Leiden bildet, uns durch Leiden vor manchem Abweg bewahrt, uns in der Frömmigkeit, im Vertrauen auf Gott, in der Demut, in der Geduld übt, uns auf die Freude, die sie uns auf Erden zudachte, vorbereitet, und – was das Vorzüglichste ist – uns durch Leiden für den Himmel erzieht und uns ewiger Freuden fähig und wert macht. Er ermahnte die Eltern, ihre Kinder gut zu erziehen, ihnen Ehrfurcht vor Gott, Liebe zum Guten und Abscheu vor dem Bösen einzuflößen, indem eine gute Erziehung das beste Erbteil sei, das sie ihnen hinterlassen können. Er redete der Jugend recht an das Herz, fromm zu leben, die Eltern zu ehren, die Unschuld als die schönste Tugendblüte des jugendlichen Alters zu bewahren und in allem Gottes Gebote heilig zu beobachten, indem sie gleichsam eine Hand am Scheidweg seien, die uns hindeutet, wohin wir gehen müssen, um zu Glück und Heil zu gelangen.

Das Hochzeitmahl, das in dem großen Saal des gräflichen Schlosses gegeben wurde, war sehr prächtig. Anstatt des silbernen Aufsatzes aber, der sonst die Mitte der Tafel einnahm, erblickte man zur allgemeinen Freude der Gäste – das Blumenkörbchen. Amalia hatte es heimlich mit den schönsten Blumen gefüllt und es dahin stellen lassen.

»Das ist«, sprach der Herr Pfarrer von Erlenbrunn, »in der Tat ein sehr schöner, lieblicher Gedanke, die Brauttafel mit diesem Blumenkörbchen zu zieren. Ein solches Körbchen voll Blumen, das wirklich eine Tafel mehr ziert als Gold und Silber, ist überhaupt schon ein sehr erfreulicher Anblick. Nicht nur können wir auf Erden nicht leicht etwas Schöneres sehen, es muss auch ein frommes Gemüt mit frommer Rührung erfüllen und es zum Himmel erheben. Es ist gleichsam vollgedrängt von Beweisen der Allmacht, Weisheit und Güte Gottes; denn Gott ist es ja, der jeder Blume Gestalt, Farbe und Wohlgeruch gab und sie schöner schmückte, als je der größte König in aller seiner Pracht gekleidet war.

Allein dieses Blumenkörbchen war ein ganz besonderer Beweis der göttlichen Vorsehung hier auf der Tafel; denn Gott bediente sich ja desselben, die Schicksale der Braut wunderbar zu lenken und uns allen das heutige Freudenfest zu bereiten. Er, dessen Freundlichkeit wir mit Recht im Purpur der Rose, im Atlasglanz der Lilie und in der ganz eigenen blauen Farbe des Veilchens bewundern, offenbart sich uns noch freundlicher und liebreicher in den Schicksalen unseres Lebens, indem er sich oft eines geringfügigen Dinges bedient, uns vor Leiden zu bewahren, uns aus Nöten zu erretten, uns vom Bösen zurückzuschrecken, uns einen mächtigen Antrieb zum Guten zu geben; indem er oft den unbedeutendsten Umstand den Anfang einer ganzen Reihe wichtiger Begebenheiten werden lässt, die verschiedensten scheinbaren Zufälle zu einem Ziel lenkt, so dass jedes Menschenleben, wenn wir es – was wohl erst jenseits vollkommen geschehen wird – mit einem Blick übersehen, als ein schön geordnetes Ganzes, als ein Wunder seiner Allmacht, Weisheit und Güte erscheinen wird.

Ich denke, die fromme Braut werde das Körbchen als ein Familienstück aufbewahren und es nie anders als mit dem innigsten Dankgefühl gegen Gott betrachten. Mögen noch viele fromme Familienfeste ihr Gelegenheit geben, es mit Blumen zu füllen; ja möge das Körbchen, mit Blumen gefüllt, heute über fünfzig Jahre zum zweiten Mal ihre hochzeitliche Tafel zieren.«

23. Jakobs Denkmal.

Das Denkmal des seligen Jakob, das Amalia am Grab des guten Mannes Marie versprochen hatte, war indes auch fertig geworden. Es war sehr einfach und sehr schön aus weißem Marmor gearbeitet und mit einer goldenen Inschrift geziert. Die Inschrift enthielt außer dem Namen, dem Stand, dem Alter des edlen Gärtners und Korbmachers bloß die Worte Jesu, die allerdings verdienen, mit goldenen Buchstaben geschrieben zu werden: »Ich bin die Auferstehung und das Leben; wer an mich glaubt, der wird leben, ob er gleich gestorben wäre.« Unter diesen Worten war das Blumenkörbchen, durch das Gott Marie am Grab ihres Vaters aus ihrem großen Leiden errettet hatte, sehr kunstreich in erhabener Arbeit abgebildet. Amalia hatte das Körbchen, nachdem Marie es zuvor mit den schönsten Blumen füllte, abgezeichnet und die sehr gelungene Zeichnung dem Künstler mitgeteilt. Unter dem Blumenkörbchen war noch der denkwürdige Ausspruch der heiligen Schrift zu lesen: »Alle Herrlichkeit des Menschen ist wie eine Blume des Grases, die bald abfällt; aber das Wort des Herrn bleibt in Ewigkeit.« Oben auf dem Denkmal erhob sich ein einfaches, im Feuer vergoldetes Kreuz.

Der erfreute Pfarrer von Erlenbrunn ließ das schöne Denkmal auf das Grab setzen. Es nahm sich, von dem dunklen Schatten der Tannen gehoben, ungemein schön aus, und wann erst der Rosenstock auf dem Grab blühte und dann einige grüne Zweige mit halb und ganz aufgeblühten Rosen, jedoch ohne die goldene Inschrift zu bedecken, sich über den blendendweißen Marmor herabbeugten, so konnte man nichts Schöneres sehen. Das Denkmal war die schönste Zierde des ländlichen Kirchhofes und die größte Denkwürdigkeit des Dorfes. Sooft der gute Pfarrer fremde Gäste bekam, führte er sie allezeit zu dem Grabmal. Wenn dann etwa einer oder der andere sagte, es sei ein artiger Gedanke, einem Mann, der Gärtner und Korbmacher zugleich war, ein Körbchen mit Blumen auf den Grabstein zu setzen, so sagte der Pfarrer: »Oh, es ist noch mehr als bloß ein artiger Einfall. Das Blumenkörbchen hat noch eine schönere Bedeutung, und die Landleute nennen es mit Recht das Wahrzeichen einer sehr rührenden Geschichte. Denn der Boden hier, auf dem wir stehen, ward mit mancher heißen Träne benetzt.« Er erzählte dann allemal den horchenden Fremden die Geschichte des Blumenkörbchens, und die meisten verließen die Grabstätte des frommen Mannes mit solchen Empfindungen und Entschlüssen, dass nichts mehr zu wünschen übrigbleibt, als die Leser und Leserinnen möchten dieses Büchlein mit ähnlichen Empfindungen und Vorsätzen aus der Hand legen.

Dekadente Erzählungen

Im kulturellen Verfall des Fin de siècle wendet sich die Dekadenz ab von der Natur und dem realen Leben, hin zu raffinierten ästhetischen Empfindungen zwischen ausschweifender Lebenslust und fatalem Überdruss. Gegen Moral und Bürgertum frönt sie mit überfeinen Sinnen einem subtilen Schönheitskult, der die Kunst nichts anderem als ihr selbst verpflichtet sieht.

Rainer Maria Rilke Die Aufzeichnungen des Malte Laurids Brigge **Joris-Karl Huysmans** Gegen den Strich **Hermann Bahr** Die gute Schule **Hugo von Hofmannsthal** Das Märchen der 672. Nacht **Rainer Maria Rilke** Die Weise von Liebe und Tod des Cornets Christoph Rilke

ISBN 978-3-8430-1881-4, 412 Seiten, 29,80 €

Erzählungen aus dem Sturm und Drang

Zwischen 1765 und 1785 geht ein Ruck durch die deutsche Literatur. Sehr junge Autoren lehnen sich auf gegen den belehrenden Charakter der - die damalige Geisteskultur beherrschenden - Aufklärung. Mit Fantasie und Gemütskraft stürmen und drängen sie gegen die Moralvorstellungen des Feudalsystems, setzen Gefühl vor Verstand und fordern die Selbstständigkeit des Originalgenies.

Jakob Michael Reinhold Lenz Zerbin oder Die neuere Philosophie **Johann Karl Wezel** Silvans Bibliothek oder die gelehrten Abenteuer **Karl Philipp Moritz** Andreas Hartknopf. Eine Allegorie **Friedrich Schiller** Der Geisterseher **Johann Wolfgang Goethe** Die Leiden des jungen Werther **Friedrich Maximilian Klinger** Fausts Leben, Taten und Höllenfahrt

ISBN 978-3-8430-1882-1, 476 Seiten, 29,80 €

Erzählungen aus dem Sturm und Drang II

Johann Karl Wezel Kakerlak oder die Geschichte eines Rosenkreuzers **Gottfried August Bürger** Münchhausen **Friedrich Schiller** Der Verbrecher aus verlorener Ehre **Karl Philipp Moritz** Andreas Hartknopfs Predigerjahre **Jakob Michael Reinhold Lenz** Der Waldbruder **Friedrich Maximilian Klinger** Geschichte eines Teutschen der neusten Zeit

ISBN 978-3-8430-1883-8, 436 Seiten, 29,80 €

Erzählungen aus dem Biedermeier

Biedermeier - das klingt in heutigen Ohren nach langweiligem Spießertum, nach geschmacklosen rosa Teetässchen in Wohnzimmern, die aussehen wie Puppenstuben und in denen es irgendwie nach »Omma« riecht.

Zu Recht. Aber nicht nur.

Biedermeier ist auch die Zeit einer zarten Literatur der Flucht ins Idyll, des Rückzuges ins private Glück und der Tugenden. Die Menschen im Europa nach Napoleon hatten die Nase voll von großen neuen Ideen, das aufstrebende Bürgertum forderte und entwickelte eine eigene Kunst und Kultur für sich, die unabhängig von feudaler Großmannssucht bestehen sollte.

Georg Büchner Lenz **Karl Gutzkow** Wally, die Zweiflerin **Annette von Droste-Hülshoff** Die Judenbuche **Friedrich Hebbel** Matteo **Jeremias Gotthelf** Elsi, die seltsame Magd **Georg Weerth** Fragment eines Romans **Franz Grillparzer** Der arme Spielmann **Eduard Mörike** Mozart auf der Reise nach Prag **Berthold Auerbach** Der Viereckig oder die amerikanische Kiste

ISBN 978-3-8430-1884-5, 444 Seiten, 29,80 €

Erzählungen aus dem Biedermeier II

Annette von Droste-Hülshoff Ledwina **Franz Grillparzer** Das Kloster bei Sendomir **Friedrich Hebbel** Schnock **Eduard Mörike** Der Schatz **Georg Weerth** Leben und Taten des berühmten Ritters Schnapphahnski **Jeremias Gotthelf** Das Erdbeerimareili **Berthold Auerbach** Lucifer

ISBN 978-3-8430-1885-2, 440 Seiten, 29,80 €

Erzählungen aus dem Biedermeier III

Eduard Mörike Lucie Gelmeroth **Annette von Droste-Hülshoff** Westfälische Schilderungen **Annette von Droste-Hülshoff** Bei uns zulande auf dem Lande **Berthold Auerbach** Brosi und Moni **Jeremias Gotthelf** Die schwarze Spinne **Friedrich Hebbel** Anna **Friedrich Hebbel** Die Kuh **Jeremias Gotthelf** Barthli der Korber **Berthold Auerbach** Barfüßele

ISBN 978-3-8430-1886-9, 452 Seiten, 29,80 €

Erzählungen der Frühromantik

1799 schreibt Novalis seinen Heinrich von Ofterdingen und schafft mit der blauen Blume, nach der der Jüngling sich sehnt, das Symbol einer der wirkungsmächtigsten Epochen unseres Kulturkreises. Ricarda Huch wird dazu viel später bemerken: »Die blaue Blume ist aber das, was jeder sucht, ohne es selbst zu wissen, nenne man es nun Gott, Ewigkeit oder Liebe.«

Tieck Peter Lebrecht **Günderrode** Geschichte eines Braminen **Novalis** Heinrich von Ofterdingen **Schlegel** Lucinde **Jean Paul** Des Luftschiffers Giannozzo Seebuch **Novalis** Die Lehrlinge zu Sais
ISBN 978-3-8430-1878-4, 416 Seiten, 29,80 €

Erzählungen der Hochromantik

Zwischen 1804 und 1815 ist Heidelberg das intellektuelle Zentrum einer Bewegung, die sich von dort aus in der Welt verbreitet. Individuelles Erleben von Idylle und Harmonie, die Innerlichkeit der Seele sind die zentralen Themen der Hochromantik als Gegenbewegung zur von der Antike inspirierten Klassik und der vernunftgetriebenen Aufklärung.

Chamisso Adelberts Fabel **Jean Paul** Des Feldpredigers Schmelzle Reise nach Flätz **Brentano** Aus der Chronika eines fahrenden Schülers **Motte Fouqué** Undine **Arnim** Isabella von Ägypten **Chamisso** Peter Schlemihls wundersame Geschichte **Hoffmann** Der Sandmann **Hoffmann** Der goldne Topf
ISBN 978-3-8430-1879-1, 408 Seiten, 29,80 €

Erzählungen der Spätromantik

Im nach dem Wiener Kongress neugeordneten Europa entsteht seit 1815 große Literatur der Sehnsucht und der Melancholie. Die Schattenseiten der menschlichen Seele, Leidenschaft und die Hinwendung zum Religiösen sind die Themen der Spätromantik.

Brentano Die drei Nüsse **Brentano** Geschichte vom braven Kasperl und dem schönen Annerl **Hoffmann** Das steinerne Herz **Eichendorff** Das Marmorbild **Arnim** Die Majoratsherren **Hoffmann** Das Fräulein von Scuderi **Tieck** Die Gemälde **Hauff** Phantasien im Bremer Ratskeller **Hauff** Jud Süss **Eichendorff** Viel Lärmen um Nichts **Eichendorff** Die Glücksritter
ISBN 978-3-8430-1880-7, 440 Seiten, 29,80 €